ELIBERAREA
LUI
ARIEL

Cartea 5 din

Seria *Familia Winston*

Rowena Dawn

Scarlet Leaf

2021

PUBLICAT DE SCARLET LEAF
TORONTO, CANADA
Pentru informații adresați-vă editurii Scarlet Leaf la adresa de email: scarletleafpublishinghouse@gmail.com

În amintirea tatălui meu

MULȚUMIRI

Aș vrea să îi mulțumesc lui **Owen King** de pe Quora pentru sfaturile oferite privind automobilele.

Mulțumesc, domnule King.

SERIA FAMILIA WINSTON

3

Copiii Rebeccăi
  Adam (c. Anna)
Evelyne (decedată)
Copiii lui Adam

Marjorie (geamănă, c. Jonathan) – copii: Matt (35; c. Nora, fiu adoptiv - Nat), Maggie (29), Jay (29; c. Ellen)

Michael (geamăn, c. Amelie) – copii: Josh (27), *Lily* (27, c. Mark)

Gabriel (c. Emilie) – copii: Ariel (33), Alex (33), Becka (20; c. Bryan; gemeni: Lea și Sean)

CAPITOLUL UNU

Ariel își înăbuși un căscat în timp ce pastorul tot bătea câmpii despre promisiunea căsniciei. Tânăra femeie era plictisită până la lacrimi și ura fiecare clipă pe care o petrecea acolo. Își aruncă privirile în jur să vadă cam ce făceau ceilalți, așteptându-se să vadă consternare pe chipurile lor. Cu toate acestea, fiecare părea să asculte cuvintele pastorului cu mare atenție.

Femeia își întoarse ochii înapoi spre partea din față a încăperii. În fața pastorului, se aflau doi tineri roșcați, ținându-se de mâini, privindu-se unul pe celălalt ca și cum nimeni altcineva nu ar mai fi fost acolo.

Mama miresei și mătușile zâmbeau nostalgic, ștergându-și lacrimile de la colțul ochilor, iar unii dintre bărbați se simțeau obligați să le consoleze cu empatie.

Mark, mirele, privea fix la mireasa sa, Lily, iar uluiala i se citea în ochi. Întotdeauna Lily arătase bine. Și totuși, rochia de mireasă o transformase într-o adevărată prințesă, iar Ariel nu își putea controla gelozia.

Cu ochiii îngustați, femeia o privea pe mai tânăra sa verișoară măritându-se. Înconjurată de chipuri fericite sau nostalgice, mânia și frustrarea fierbea în sângele lui Ariel.

Tânăra femeie își strânsese mâinile în pumni atât de tare încât unghiile îi lăsaseră semne însângerate în mijlocul palmelor. Cu toate acestea, lui Ariel nu îi păsa de așa ceva. Trebuia să își controleze furia și amărăciunea ce viscoleau în sufletul ei.

Tânăra femeie își strânse buzele pentru a opri furtuna de cuvinte ce amenințau să-i zboare de pe buze. Înțelegea ea bine că ceilalți nu ar fi privit cu îngăduință dacă ar fi făcut o criză. În ciuda acestui fapt, Ariel abia de reușea să își țină sub control furia. Încă una dintre verișoarele ei mai tinere se căsătorea în faţa ochilor ei, lăsând-o pe Ariel în urmă, cu numai doi ani în faţa ei pentru a-şi îndeplini destinul.

Lacrimi începură să-i tachineze vârfurile genelor, iar Ariel încercă din toate puterile să le oprească. Toţi cei prezenţi îi cunoşteau nereuşitele. Nu era necesar ca Ariel să le mai ofere şi altă muniţie pentru bârfă.

Ariel era mulţumită că, măcar de data aceasta, nu avea nici un rol în ceremonia de nuntă. Toată lumea convenise să se micşoreze numărul domnişoarelor de onoare după nunta Beckăi, iar tânăra femeie nici că putea fi mai fericită cu acea decizie.

Verde de invidie, Ariel îşi luă ochii de la silueta verişoarei sale atunci când pastorul îl invită pe mirele cu părul de culoarea cuprului să sărute mireasa. Să îi privească pe cei doi sărutându-se ar fi fost peste puterile ei.

Mai tânără cu şase ani decât Ariel, Lily deja îşi împlinise visele şi dorinţele, câştigând totul. Tinerei femei îi era greu să treaca de acel aspect.

Cu inima strânsă de durere, Ariel îşi aminti că alţi trei din grupul verilor ei o făcuseră înaintea ei. La acel gând amar, ochii femeii se îndreptară spre sora sa mai tânără, Becka, ţinută în braţe de soţul său, Bryan.

Amărăciunea aprinse o nouă flacără în ochii ei, pe care tânăra femeie şi-o îndreptă spre ceilalţi doi veri de-ai ei, Matt şi Jay, care se ţineau de mână cu soţiile lor, Nora şi Ellen. Cele două cupluri îi stârneau, de asemenea, invidia, iar tânăra suspină uşor.

Ariel se luptă să îşi controleze respiraţia pentru ca nimeni din jur să nu ghicească ce gânduri îi treceau prin minte. Nu avea ea nevoie nici de mila lor, nici de dezamăgirea lor.

Ziua începuse mai bine decât Ariel sperase. Ginerele fusese absent dimineaţă, iar absenţa lui o făcuse să se simtă mai bine. Dar, în ultima clipă, individul mărşăluise în camera de zi, unde urma să aibă loc nunta, şi toate speranţele ei se năruiseră, gura umplându-i-se cu amăreală.

Ariel nu o ura nici pe Lily, și nici pe Becka. De fapt, chiar le iubea pe amândouă. Făceau parte din aceeași familie și împărtășeau un trecut împreună. Cu toate acestea, în dimineața aceea, tânăra femeie nu simțea decât ură, iar lui Ariel nu îi plăcea gustul acesteia. În ciuda acelei neplăceri, sentimentele ei nu puteau fi controlate și ea nu știa cum să le stăpânească.

Simțind privirea cuiva asupra ei, Ariel își întoarse capul și îl observă pe Bryan, care o privea cu compasiune în ochii. Tânăra femeie se strâmbă.

Îți poți păstra mila! Nu am nevoie de ea, Ariel îl admonestă pe bărbat în gând, aruncându-i în același timp, o privire menită să îl biciuiască.

— Lily și Mark arată atât de bine împreună, șopti Marjorie din scaunul din fața ei.

Ariel strânse din dinți mânioasă după ce îi înregistră cuvintele.

Ura faptul că oamenii simțeau nevoia să se lingușească pe lângă cuplu. Căsătorii aveau loc mereu și nu întotdeauna se încheiau fericit.

Și totuși, Ariel trebui să recunoască faptul că Lily și Mark chiar arătau bine împreună, ceea ce reprezenta un alt ghimpe în inima ei.

La sfârșitul ceremoniei, Mark își sărută mireasa, iar strigăte de încurajare umplură încăperea. Cu un zâmbet mai zgârcit, Ariel aplaudă și ea împreună cu ceilalți. Cu toate acestea, acel zâmbet nu îi atinse și lumina ochilor.

Oamenii formară un șir pentru a-i felicita pe cei doi tineri, iar mai apoi, se împărțiră pe mai multe grupuri. Mătușa Amelie, mama lui Lily, ajutată de alți câțiva oameni, începu să aranjeze scaunele de-a lungul pereților camerei de zi, pntru ca oaspeții să se poată plimba prin încăpere și să discute unii cu ceilalți.

Ariel își făcu datoria de a săruta mireasa și mirele, iar mai apoi căută o cale de scăpare de acolo. Un bufet bogat fusese aranjat pe una din laturile camerei, iar tânăra se îndreptă într-acolo imediat pentru a-și face de lucru, umplând o farfurie cu mâncare. Își imagină că nimeni nu i-ar fi cerut să ofere îmbrățișări sau strângeri de mână dacă avea mâinile ocupate cu altceva.

Ariel își umplu farfuria cu produse de patiserie, știind foarte bine că Bryan le pregătise pentru acel festin. Acele delicatețuri meritau să mai adauge încă jumătate de oră la rutina ei de aerobic dimineața. Mai mult decât atât, Ariel își aminti că nu avusese timp să mănânce nimic în acea zi. Avea nevoie de ceva hrănitor pentru că altfel nu ar fi reușit să facă față discursurilor de felicitare, care i-ar fi amintit de tot ceea ce ea nu va avea niciodată.

Cu produsele de patiserie pe farfuria ce o ținea în mână, Ariel se întoarse în jur și căută cu privirea un loc unde să se poată așeza în pace pentru a se bucura de tratația pe care decisese să și-o ofere. Din colțul ochiului, tânăra femeie observă că Matt vorbea cu Bryan, iar ambii bărbați aruncau priviri furișe spre ea. Avea ea o idee destul de bună despre conversația lor, așa că suspină inaudibil și se îndreptă în direcție opusă.

Tânăra femei descoperi un fotoliu neocupat într-un colț și luă loc cu un oftat înnăbușit. Spera numai ca micuța canapea pentru doi din apropiere să nu atragă pe altcineva și că astfel va fi lăsată de capul ei. Ariel nu se simțea în stare să susțină o conversație pe moment. Dacă nu ar fi fost mama sa, tânăra nici măcar nu ar fi fost prezentă la căsătoria lui Lily, dar Emilie nu îi lăsase șansa de a alege.

Femeia abia se așezase în locul ales când observă că Matt și Bryan se îndreptau spre ea. Nesimțindu-se prea în largul ei să discute cu ei, nervoasă, Ariel își trecu degetele prin păr.

Într-o stare rebelă, Ariel își tăiase părul pentru nuntă. Tânăra reunoștea faptul că o făcuse într-o criză de mânie și, într-un fel, își regreta impulsul. Cu toate acestea, Ariel dorise să fure ceva din lumin miresei și chiar reușise timp de vreo cinci minute. Într-adevăr, tânăra îi uluise pe toți cei din familie când apăruse la casa mătușii sale în acea dimineață.

Nimeni nu și-o amintea pe Ariel fără să aibă părul lung. Chiar și în pozele din copilărie, apărea cu codițe.

Privirea uluită de pe chipul fratelui ei în acea dimineață exprimase tot ceea ce gândeau cei prezenți. Cu toate acestea, Alex, fratele ei, niciodată nu se ascunsese după cuvinte, așa că el a fost cel care a subliniat faptul că femeia și-a pierdut mințile.

Ariel se simțea cumva straniu fără greutatea părului ei bogat. Se dusese la coafor doar cu două zile înante, dar tot mai avea impulsul de a-și trece degetele printre șuvie la fiecare câteva minute, ceea ce devenise un obicei de-a dreptul nesuferit. Dar, în ciuda acestui fapt, femeia trebuia să se asigure că tot mai avea ceva păr.

Tânăra femeie mușcă dintr-o prăjitură pufoasă, trecându-și privirea peste oaspeții care se foiau în jur, încercând, în același timp, să nu întâlnească privirile celor doi bărbați care se îndreptau spre ea.

Ariel spera ca aceștia să își schimbe direcția și să aleagă să vorbească cu altcineva care ar fi fost mai dornic de conversație. Chipul ei nu trăda nici o urmă de zâmbet, iar indiferența ei era departe de a fi prea primitoare. Femeia prefera solitudinea în acel moment.

Tânăra observă că majoritatea oamenilor gravitau în jurul noului cuplu căsătorit, luptându-se pentru a obține atenția lor. Râsetul fericit al lui Lily se ridică peste vocile ce veneau de la diferite grupuri. Ariel își încreți nasul și, involuntar, degetele i se strânseră în jurul prăjiturii pe care o țineau. Zahărul pudră ninse peste rochia ei, dar ea nici nu îi dădu atenție.

Ariel își dădea seama că devenise foarte zgârcită cu sentimentele sale, dar, cu toate acestea, nu avea nici un fel de control asupra reacțiilor sale. Ariel suferea și îi era dificil să găsească vreo bucurie în fericirea verișoarei sale. Nu era ca și cum și-ar fi dorit ca aceasta să fie copleșită de nefericire, dar era departe de ea gândul de a-i ura fericire lui Lily în acel moment.

— Ce mai faci, Ariel? se insinuă vocea lui Bryan în gândurile ei.

Ariel gemu în sinea sa și se întoarse înspre vocea lui. Dacă ar fi fost mai atentă, bărbatul nu ar fi surprins-o și ea ar fi putut să se pregătească pentru întrebările lui. Dar, în fond, intenționat încercase să nu dea atenție mișcărilor lui Bryan, adoptând astfel tehnica struțului confruntat cu pericolul.

Bryan și Matt o dominau pe Ariel cu înălțimea lor, ambii bărbații aplecându-se ușor în față, înspre ea. Femeia își ridică privirile spre ei și schiță un zâmbet rece, în timp ce mâna ce ținea prăjitura rămase la jumătatea distanței de gura ei.

— Ah, bună, băieți, răspunse Ariel pe un ton indiferent, iar sprânceana stângă a lui Bryan se ridică sus pe fruntea acestuia la răspunsul ei. Desigur că sunt bine, continuă ea, cu un zâmbet ușor ironic, fluturându-și mâna cu prăjitura.

Femeia știa ce însemna sprânceana arcuită a lui Bryan, dar nu îi păsa de așa ceva pe moment.

— Și voi? Vă distrați bine? continuă ea, încercând să îi facă să priceapă că nu avea nici cea mai mică grijă în clipa aceea.

Matt o măsură cu ochii săi gânditori, iar mai apoi dădu din cap.

— Da, ne simțim bine, dar mi-e teamă că tu nu, iubito, observă el.

— Oh, ba da, îl contrazise Ariel. Excelentă patiserie, Bryan, ca întotdeauna, de altfel, își felicită ea cumnatul, păstrând același zâmbet ferm pe buzele sale. De data aceasta, chiar te-ai autodepășit, adăugă ea, iar mai apoi mușcă din bucata de patiserie pe care o ținea în mână, gândindu-se că bărbații trebuie să îi fi priceput mesajul și să înțeleagă că era timpul să plece.

— Mă bucur că îți place, o aprobă Bryan cu o mișcare a capului. Și totuși, pari să nu prea fi în apele tale, Ariel, și nu îmi prea place. Mai mult, te-ai restras în acest colț, cu totul singură. Asta mă face să îmi pun întrebări, știi tu, decise el să spună ceea ce gândea.

Ariel clipi de câteva ori, trădând supriza încercată de cuvintele lui. Ca întotdeauna, Bryan se arunca direct la jugulară și o încolțise deja.

— Așa am făcut? se minună Ariel, iar mai apoi își întoarse capul dintr-o parte în alta, pretinzând că abia acum observa ce se întâmpla în jurul ei. Nici măcar nu mi-am dat seama. Pur și simplu am vrut să savurez niște pateuri și prăjituri și să mă odihnesc un pic. Am avut o noapte mai târzie aseară, știi tu, spuse ea cu un mic zâmbet secret ascuns în colțul gurii.

Ca și cum! M-am dus la culcare de la ora unsprezece. Până și filmul pe care am încercat să-l văd pe net s-a vădit prea plictisitor, își aduse ea aminte în bătaie de joc, dar nu își dezvălui nici unul din acele gânduri în fața celor doi bărbați.

Ariel nu mai ieșise seara de mai bine de patru sau cinci luni deja. Nu avea nici un motiv să iasă, dar avea toate motivele să ocolească orice locuri întunecoase. Femeia trăia cu impresia că, aproape tot timpul, își petrecea viața într-o cușcă.

Matt o privi cu grijă și își scutură capul ușor. Chiar dacă se abținea din a-i citi gândurile verișoarei sale, tot nu putea opri vibrațiile emoționale ce veneau dinspre Ariel.

Matt se gândi să spună ceva legat de acele vibrații, dar, mai apoi, își schimbă părerea, fiind sigur că femeii nu i-ar fi convenit să-și aibă emoțiile disecate chiar în acel moment.

— Sunt sigur că te poți relaxa și odihni pentru o vreme chiar dacă vii și ni te alături acolo, își aplecă bărbatul capul înspre locul unde se găseau soția sa, Nora, și Becka, discutând între ele.

Ariel își întoarse privirea spre cele două femei chiar la momentul potrivit pentru a vedea că Lily și Mark li se alăturase. Dându-și seama că acum Nora și Becka vorbeau cu cuplul proaspăt căsătorit, Ariel își scutură capul.

Tânăra femeie nu se simțea în stare să se bucure de fericirea altcuiva chiar atunci. Prefera să se bălăcească în propria ei nefericire.

— Sunt destul de sigură că mă simt bine aici pe moment, își întoarse Ariel ochii de la grup și îi zâmbi strâmb vărului ei.

Ochii ei îl provocau pe Matt să o contrazică.

Ei doi avuseseră diverse divergențe de-a lungul timpului, iar Matt știa că Ariel reprezenta un oponent puternic. Limba ei ascuțită îi făcuse pe mulți să plângă. Aceasta niciodată nu ceda până ce nu avea câștig de cauză.

Matt nu fusese niciodată unul dintre cei care se predase în fața lui Ariel. Bărbatul putea da dovadă de o mare rezervă de răbdare atunci când trebuia să își argumenteze punctul de vedere. Cu toate acestea, Matt nu consideră că era momentul potrivit să înceapă o discuție în contradictoriu cu Ariel chiar atunci. Știe el că o astfel de conversație nu ar fi sfârșit tocmai bine.

Omul nu voia nimic altceva decât să se bucure de ziua nunții verișoarei sale. Matt știa că petrecerea urma să aibă un sfârșit fericit. În fond, străbunica sa, Rebecca, nu era acolo pentru a o strica și el nu vedea de ce ar lăsa-o pe Ariel să o facă.

Matt o măsură cu privirea pe verișoara lui preț de câteva secunde lungi, nesigur dacă ar fi fost bine totuși să sublinieze ceea ce părea destul de evident.

— Bine, decise bărbatul să spună până la urmă. Fie cum vrei tu, adăugă el, iar cu o fluturare bruscă a mâinii înspre Bryan, cei doi bărbați o părăsiră, lăsând-o să se bucure de masa ei în liniște.

— De obicei, asta și fac, murmură Ariel în urma lor, dar Bryan tot o auzi și își scutură capul cu dezamăgire.

— Poate că este mai bine că nu a acceptat invitația ta, îi spuse bărbatul lui Matt pe șoptite. Nu știe să își controleze limba și nu aș vrea să văd marea zi a lui Lily și Mark stricată cu vorbe pline de venin.

Cu toate acestea, cuvintele lui ajunseră la urechile lui Ariel și femeia își strânse buzele de mânie. Dar, femeia știa că omul avea dreptate. Ariel nu reușea niciodată să-și țină gura închisă și mereu simțea nevoia să îi facă pe oameni franjuri cu vorbele ei. Acea nevoie devenise și mai pregnantă în ultima vreme, mai ales în ultimii doi ani.

În ciuda acestui fapt, Ariel nu considera că obiceiurile ei îi dădea cumnatului ei libertatea de a vorbi despre ea în acel fel. Cuvintele lui de neiertat cereau să fie răzbunate.

Poate nu chiar acum, dar curând, își promise ea, ronțăind o alta prăjiturică, deși mânia îi crescuse și atinsese noi nivele.

Fulgerele din ochii lui Ariel determinară câteva sprâncene să se arcuiască, iar rudele femeii deciseră că nu era momentul cel mai potrivit să o abordeze. Tânăra părea să aibă nevoie de ceva timp ca să se răcorească.

Totuși, după cam jumătate de oră, mama lui Ariel, Emilie, consideră că fiica ei evitase familia suficient de mult timp și se decise să o oblige să interacționeze cu ceilalți. Tânăra femeie oftă de neplăcere, dar mai apoi acceptă să stea de vorbă cu ceilalți preț de câteva minute.

— Am o migrenă teribilă, mamă, o avertiză Ariel pe mama sa. Aproape că nici nu am vrut să ies pe ușă de dimineață. Așa că nu o să stau pre mult, avu ea grijă să sublinieze.

Emilie își scutură capul cu consternare și dădu din mână dezamăgită, iar mai apoi, își conduse fiica spre un grup de veri, lăsând-o cu aceștia.

Femeia își cunoștea bine fiica și știa că nu avea nici o șansă să o facă pe Ariel să se răzgândească. Când tânăra femeie va dori să plece, va pleca, exact așa cum și-o dorea.

Ariel într-adevăr plecă douăzeci de minute mai târziu. Avea senzația că se se sufoca, iar fericirea lui Lily o făcea să își piardă mințile, chiar dacă femeia își dădea seama că ceea ce simțea nu era rațional. Ar fi trebuit să fie și ea fericită pentru verișoara ei, dar nu putea.

CAPITOLUL DOI

A*rătai bine, iubito*, o voce metalică scrâșni de pe înregistrarea din mesageria vocală. *Tu vei fi o mireasă mult mai frumoasă decât verișoara ta. Va trebui să facem acest lucru să devină realitate curând, chiar dacă urăsc faptul că ți-ai tăiat părul. Va trebui să înveți că există anumite limite. Dar nu te îngrijora. Vom lucra împreună asupra acestui defect al tău. Te voi învăța tot ce este nevoie.*

Uluită, cu ochii larg deschiși, Ariel se holbă la robotul telefonic. Mesajul pe care tocmai îl ascultase fusese subtil, dar cu toate acestea, amenințarea se strecura printre cuvintele alese cu grijă.

Îi tremurară degetele și, deși nu mai era nimeni altcineva cu ea în încăpere și nu era necesar să ascundă ceea ce simțea, Ariel își strânse mâinile în pumni. Tâmplele îi pulsau și o durere surdă îi vibra la ceafă.

Doar pentru o clipă, îi trecu prin minte să cheme poliția, dar alungă gândul imediat. Nu avea sens să se obosească. Ariel încercase așa ceva în trecut, dar nimic nu se întâmplase.

Poliția îi spusese că ceea ce simțea ea era subiectiv și, oricum, ei tot nu ar fi avut prea multe date de la care să pornească pentru a-l prinde pe individul care îi lăsa acele mesaje. Ca urmare, o sfătuiseră să se calmeze și să înceteze să mai citească printre rânduri. Cu alte cuvinte, ar fi fost bine să fie mai puțin dramatică.

Ariel se întoarse spre fereastră și privi fix în întunericul nopții. Întemnițată în propria ei casă, femeia avea senzația că nu avea nici un fel de putere.

De-a lungul ultimelor câteva luni, nu mai îndrăznise să iasă seara. Din momentul în care se întorcea acasă de la muncă, încuia toate broaștele și ferestrele, trăgea draperiile și se ascundea în biroul ei, prea speriată de ceea ce bântuia în întuneric.

În mod obișnuit, tânăra femeie nu avea cine știe ce viață socială, dar acum, înspăimântată de omul invizibil care îi amenința libertatea și viața, începuse să respingă orice invitație pe care o primea și devenise sihastră.

Ariel renunțase să mai iasă la cafea cu prietenii sau să mai meargă la vreun bar cu vreunul din colegii săi după muncă. Tânăra femeie trăia cu senzația că fusese închisă într-o colivie, unde nu făcea decât să patruleze în cercuri și de unde nu avea nici o șansă de scăpare.

Când telefonul sună din nou, lăsă apelul să meargă direct la mesageria vocală încă o dată, fericită că, măcar, individul nu avea telefonul ei mobil.

Femeia decise să anuleze contractul pentru telefonul fix în dimineața următoare și se duse la culcare, deși știa că, din cauza neliniștii, nu va reuși să adoarmă prea curând.

Aceea era bomboana de pe tort după ce fusese obligată să participe la încă o nuntă a uneia dintre verișoarele ei. Ariel știa că timpul trecea pe lângă ea și că, în curând, va fi prea în vârstă pentru a-și împlini destinul. Spera, însă, ca măcar să primească banii.

DIMINEAȚA O ÎNTÂMPINĂ pe Ariel cu un cer cenușiu. Nori grei anunțau căderi de zăpadă, iar tânăra femeie oftă de neplăcere. Ariel trăise în Toronto toată viața ei și învățase să conducă mașina în timpul iernii, dar aceasta nu însemna că trebuia să îi și surâdă să o facă.

În ziua aceea, trebuia să viziteze două dintre locațiile pepinierei pentru care lucra și nu prea avea chef să șofeze. Cu toate acestea, nici transportul în comun nu o ademenea prea tare. Atât de devreme dimineața, metroul era, mai mult ca sigur, înțesat. De la o vârstă fragedă, Ariel suferise de claustrofobie, așa că ura ideea de a fi prinsă în spații închise cu prea mulți oameni.

Tânăra femeie trecu prin rutina ei de dimineață cât putu de repede pentru a ajunge pe șosea înaintea celorlați navetiști. Când ajunse la parter, lumina roșie a robotului de la telefon îi atrase atenția și, enervată, femeia își încreți nasul.

Mergând pe vârfuri, Ariel se apropie de standul unde își instalase linia telefonică fixă. Femeia se comporta de parcă cineva ar fi fost acolo, în casă, cu ea și ar fi putut-o surprinde.

Tânăra aruncă o privire spre afișajul robotului. Numărul de mesaje o șocă și îi fură respirația. Încercă să tragă aer în piept, preț de câteva minute luptându-se cu inabilitatea ei de a inspira.

Când în sfârșit reuși să inspire din nou, Ariel se autofelicită că închisese sonorul telefonului cu o noapte înainte. Știa că familia ei și cei câteva prieteni pe care îi mai avea ar fi putut intra în legătură cu ea pe telefonul mobil.

Numărul impresionant de mesaje îi întări decizia de a anula contractul pentru linia fixă chiar în ziua aceea și Ariel își jură să o facă în timpul pauzei de masă. Era de mult timpul să scape de nebunul care îi ruina zilele cu acele mesaje înspăimântătoare.

Informația precisă pe care unele dintre mesaje o ofereau îi întărise părerea că individul o urmărea. Ariel nu putea fi sigură, dar acesta știa prea multe despre viața ei personală și profesională. Părea destul de rezonabil să considere că bărbatul o urmărea peste tot, chiar dacă poliția nu credea că așa stăteau lucrurile. Unul dintre ofițerii de poliție chiar o întrebase dacă nu cumva exagera puțin atunci când Ariel îi contactase pentru prima dată.

Femeia ascultă la începutul câtorva dintre mesaje și se albi. Vocea metalică îi oferea un raport detaliat al mișcărilor sale în jurul casei înainte de a se duce la culcare.

Indiferent de ce spuneau cei de la poliție, individul reprezenta cu adevărat o amenințare pentru ea. Trebuia să rezolve acea situația și o dată pentru totdeauna.

Ariel îmbrăcă o haină de iarnă roșie scurtă și își trecu degetele prin părul blond și drept cu nervozitate. Aruncă o privire iute în oglindă fără să observe absolut nimic, iar, mai apoi, își adună lucrurile și se îndreptă spre ușa de la intrare.

Din nou, anxietatea îi făcea tâmplele să pulseze și tânăra femeie simțea niște palpitații în piept. Ariel știa că nu era în cea mai bună stare pentru a conduce, dar nu avea altă alegere în acel moment. După ce îi auzise vocea urmăritorului din înregistrare, femeia nici măcar nu îndrăznea să cheme un taxi. Nu avea de unde știi cine ar fi apărut la ușa ei și nu merita să încerce să riște prostește.

Ariel ezită să iasă din casă și se opri în ușa de la intrare. Ochii săi grijulii scanară strada, dar femeia nu observă nimic neobișnuit. Nu zări nici un fel de mașini parcate pe aleile caselor și nimeni nu se plimba prin zonă fără un scop precis.

Femeia își adună bruma de curaj pe care o mai avea și ieși din casă, trăgând ușa grea de stejar în urma ei cu mai multă forță decât ar fi fost necesară. Degetele îi tremurară pe cheie când încuie ușa, dar Ariel insistă să întoarcă cheia în broască de două ori.

Cu pași iuți, Ariel coborî scările ce duceau în aleea sa. Gheata ei dădu de o pată de gheață și femeia alunecă, mai să cadă la pământ.

Ariel țipă, dar reuși să își păstreze echilibrul, dând din mâini ca o barză beată. Bătăile inimii i se întețiră, iar femeia expiră zgomotos.

O dată ce își regăsi echilibrul, Ariel se îndreptă spre mașina sa, picioarele tremurându-i. Femeia își încreți buzele și își scutură capul consternată, întrebându-se cum de era posibil să aibă gheață exact pe ultima treaptă a scării.

Ariel îl plătise pe fiul adolescent al vecinului ei să curețe zăpada de pe scări și din alee cu câteva zile înainte. Știa că nu mai ninsese sau plouase de atunci.

Cu toate acestea, femeia avea prea multe pe cap în acel moment pentru a analiza acel eveniment straniu, așa că, după o altă clătinare a capului uită de el.

CAPITOLUL TREI

Iarna, lumina zilei deja dispare la ora patru după-masa în Ontario. Întunecimea cerului apasă pe toată lumea, iar stările de spirit încep să se schimbe.

Nu e de mirare că depresia atinge cote atât de ridicate în timpul lunilor de iarnă, mormăi Ariel, coborând cu grijă scările, nemulțumită de obscurul brusc.

Ariel iubea soarele și lumina zilei, chiar dacă aceasta era filtrată printre frunzele copacilor sau perdelele ce atârnau la ferestre. Ea, una, nu găsea nici un fel de farmec în anotimpul rece. De obicei, acesta însemna gripă, alunecare pe gheață și purtarea unor haine grele.

Ajunsă la poalele scărilor, femeia, de asemenea, avu grijă să arunce o privire lungă de-a lungul străzii, verificând fiecare umbră pe care o percepea. Ochii ei trecură cu atenție peste fiecare tufiș și peste fiecare crăpătură.

Ultimele evenimente o speriaseră. Găsindu-se singură pe strada goală la acel moment al zilei nu era ceva ce îi plăcea lui Ariel. Inima începu să bată repede, iar pulsul îi crescu.

Cu nici o oră mai devreme, Ariel primise un nou mesaj de la urmăritorul ei, iar de data aceasta pe telefonul mobil. Cum deja își anulase contractul pentru telefonul fix, femeia sperase că mesajele înspăimântătoare vor înceta. Din păcate, însă, se părea că nu avea noroc deloc.

Acel nou mesaj o șocase pe Ariel și o înghețase până la măduva spinării. Tânăra femeie nu crezuse că urmăritorul ei va afla numărul ei de telefon mobil, care nici măcar nu era publicat. Ideea că reușise să pună mîna pe el o terifia. Nu știa cum ar fi putut să se protejeze de cineva care avea astfel de abilități.

Mai rău decât atât, femeia nici măcar nu observase că mesajul venea de la un număr ascuns, așa că îl ascultase. Cuvintele încă îi mai răsunau în minte, deși încercase din răsputeri să le alunge.

Acum era convinsă că omul o urmărea peste tot, așa că Ariel din nou supraveghea împrejurimile cu ochi grijulii. Se aștepta ca cineva să sară din spatele tufișurilor decorative care mărgineau aleile.

Ariel își simțea inima în gât, dar, cu toate acestea, continuă să se îndrepte spre locul unde își parcase mașina mai devreme. Știa că trebuia să ajungă la automobilul ei cât mai rapid și să o tulească de acolo. Nu era nimeni în apropiere care să o ajute acolo, în stradă, iar bărbatul acela trebuia să fie undeva prin jur.

Cum altfel ar fi știut că port o fustă scurtă și haină roșie? se întrebă Ariel, ochii fugindu-i în toate direcțiile.

Vocea aceea metalică din mesaj o admonestase pentru că purta haine de târfă și îi promisese să o învețe minte pentru a nu-și mai afișa nurii în fața altcuiva în afară de el.

Răutatea din vocea aceea o înghețase preț de câteva clipe. Femeia știa că se găsea singură în birou, iar numai un om de pază în vârstă se îngrijea de clădire. Acel gând o speriase și mai mult pe Ariel.

Când telefonul sunase din nou, pur și simplu respinsese apelul. Nu simțea nevoia să mai audă acea voce și nici nu intenționa să mai ascultela alte mesaje vocale.

Ariel bâjbâise cu rapoartele în graba ei de a termina mai repede pentru a părăsi acel loc cât mai curând. Dorința ei fierbinte de a ajunge într-un loc înțesat de oameni o determinase pe femeie să se grăbească să pună capăt lucrurilor cât mai repede. Era convinsă că nimeni nu ar fi îndrăznit să o atace dacă ar fi fost și alții în jur.

Cu toate acestea, nedând prea multă atenție la ceea ce făcea o obligă pe Ariel să petreacă încă o oră în clădire. Femeia înjură oribil de-a lungul întregului timp petrecut în încăpere și își blestemă inabilitatea de a lăsa totul deoparte pentru a putea termina munca mai curând.

Ariel păși repede și cu hotărâre spre automobilul său, tot timpul cercetând cu teamă fiecare alee și fiecare loc întunecat pe care îi cădeau ochii. În momentul în care ajunse la Mini Cooperul ei roșu, Ariel oftă de ușurare, știind că, în curând, se va afla în siguranță în mașina ei. Va putea să se ascundă înăuntru și nimeni nu ar fi putut să pună mâna pe ea acolo. Încuietorile de la uși funcționau foarte bine, de altfel.

În clipa următoare, un bilet sub ștergătorul de la parbriz îi atrase ochii, iar respirația i se întretăie. Sprâncenele i se curbară sus pe frunte și, înspăimântată, femeia făcu un pas în spate.

Își trecu privirea peste mașină pentru a vedea dacă cineva i-o ciocnise, dar nu observă nici măcar o zgârietură. În consecință, pulsul lui Ariel se intensifică. Ceva nu părea să fie în regulă.

Cu degetele tremurătoare, femeia smulse hârtia de sub ștergătorul de parbriz. După ce cercetă strada cu mare atenție din nou, Ariel citi nota.

Timpul se apropie. Abia aștept, iubito. Sunt convins că și tu ești la fel de nerăbdătoare. Ne vedem curând. Un X în partea de jos a paginii îi atrase privirea și greața i se urcă în gât.

Cu respirația întretăiată, Ariel mai aruncă o privire temătoare în jur. Mototoli biletul între degete pentru un moment, dar partea ei logică ieși din amorțeală și o sfătui să nu îl rupă în bucăți.

Femeii i-ar fi plăcut să o facă. Ar fi fost un gest mic, dar, cel puțin, astfel, Ariel ar fi simțit că avea și ea control asupra ceva anume.

Cu toate acestea, rațiunea îi spuse lui Ariel că, mai târziu, s-ar putea să aibă nevoie de acea hârtie. Acel bilet ar fi dovedit polițiștilor că nu era ea cea care inventa lucruri, ci, din contră, într-adevăr, cineva o urmărea. Ofițerii aceia de poliție ironici nu ar fi putut să nege o probă tangibilă ca aceea.

Acum îngrijorată, Ariel se grăbi spre partea șoferului și descuie ușa de la mașină. Se așeză pe scaun și își aruncă geanta de umăr și geanta de la laptop pe scaunul de alături. În același timp, blocă toate ușile automobilului.

Femeia împinse cheia în contact rapid, învârtind-o. Mai apoi, împinse maneta de viteză în viteza întâia, în același timp călcând pedala de ambreiaj. Nici unul din zgomotele deja familiare nu îndepărtă liniștea din mașină, iar chipul lui Ariel se schinomosi de furie.

Ceva nu era deloc în regulă. Ariel lăsă maneta de la cutia de viteze în poziție neutră, iar, mai apoi, încercă din nou. Nici un fel de sunet nu se auzi de sub capotă, așa că femeia începu să înjure ca un marinar, lovind volanul cu palma.

Ariel înțelese mesajul ascuns. Nu credea sub nici o formă că era o simplă coincidență că mașina ei s-a stricat în timp ce ea petrecea timpul la birou. Cineva trebuie să îi fi făcut ceva.

Numai așa ceva nu îi lipsea lui Ariel în acel moment, când nu voia decât să părăsească acel loc cât mai curând posibil. Femeia știa că era posibil ca nebunul să mai fie prin preajmă, iar bătrânul de pază de la birou nu părea să fie potrivit pentru a se împotrivi unui atacator mai tânăr sau oricărui tip de atacator, de fapt.

Cu un oftat exasperat, femeia își smulse lucrurile de pe celălalt scaun și ieși din mașină. Cu pași iuți, se îndreptă spre intrarea clădirii de birouri. Brusc, o umbră îi apăru în raza ei vizuală periferală, iar acel lucru o determină să o rupă la goană.

Ariel uită complet că mai existau urme de zăpadă sau pete de gheață pe trotuar. Ochii ei se lipiseră de intrarea în clădirea unde se găsea biroul ei, iar toate gândurile i se contopiră într-o mantra ce implora siguranța. Inima îi bătea zgomotos în piept, iar sunetul îi răsuna în urechi.

Femeia alergă în sus pe scări și împinse ușa să se deschidă. Înfierbântată, Ariel nu se opri să își tragă răsuflarea până ce nu ajunse în siguranța iluzorie a holului de la intrare.

— Oh, domnișoară, v-ați și întors? se minună omul de pază de la biroul de recepție.

O clipă după aceea, ochii i se măriră când observă că tânăra femeie părea să fie fără răsuflare.

Ariel nu reuși să vorbească, așa că se mulțumi să dea din cap, încercând să tragă aer în plămâni. Făcea zgomote similare unei foci – pufăind și oftând din toți rărunchii. Problema nu era distanța pe care o alergase. Își pierduse răsuflarea nu numai din cauza alergării, ci și din cauză că acesteia i se alăturase frica.

— Am o problemă cu mașina, reuși femeia să spună după câteva momente. Va trebui să chem să mi-o ridice ca să fie reparată, adăugă ea pe un ton înnourat, scoțându-și telefonul din geantă pentru a chema serviciul de asistență rutieră.

Era posibil ca omul de la pază să se fi întrebat de ce fusese necesar ca Ariel să se întoarcă în clădire ca să cheme CAA pentru servicii de asistență de urgență când ar fi putut foarte bine să o facă din stradă, ținând seama că avea un telefon. Cu toate acesta, bărbatul nu spuse nimic.

Omul se mulțumi să o privească pe femeia care patrula de colo colo, răspunzând la întrebările ce îi erau puse de la celălalt capăt al liniei. Oricum, femeia vorbea pe un ton foarte coborât, așa că el nu putea să înțeleagă ce spunea aceasta.

— Îi voi aștepta aici, se întoarse Ariel spre omul de la biroul de recepție după ce își încheie conversația telefonică.

Deși trebui să facă un efort considerabil, femeia reuși să vorbească pe un ton sigur, pentru ca omul să nu o poată contrazice.

— Voi vedea luminile de la mașina lor când se vor apropia, explică ea, iar gardianul dădu din cap aprobator.

Omul presupuse că îi era frig lui Ariel afară și de aceea aceasta prefera să aștepte în interiorul clădirii. Oricum, pe el nu îl deranja prezența ei.

De altfel, el nu prea credea că hainele pe care le purta femeia ar fi fost prea potrivite pentru a petrece prea mult timp în atmosfera înghețată de afară. S-ar fi transformat într-un țurțure de gheață în numai câteva minute.

Admirând silueta tinerei, bărbatul trebui să admită față de sine însuși că aceasta ar fi devenit un țurțure de gheață înalt și frumos, dar decise să nu împărtășească acel gând și cu ea. Nu credea el că femeia i-ar fi apreciat evaluarea.

Ariel alese un loc de unde putea supraveghea strada, astfel fiind în stare nu numai să vadă mașina de intervenții CAA, dar și dacă urmăritorul ei se afla acolo. Femeia știa că automobilul ei funcționase destul de bine mai devreme. Faptul că acesta se stricase brusc părea cam suspicios.

Tânăra femeie își mușcă buza de jos, iar, în același timp, își frecă și mâinile cu anxietate. Polițiștii fuseseră destul de clari când o lăsaseră să înțeleagă că nu credeau în ceea ce le spunea. Deci, nu avea de ce să caute ajutor în acea direcție. Venise timpul să găsească pe altcineva să o ajute.

Ariel introduse codul pe ecranul telefonului său mobil pentru a-l debloca. Mai apoi, se gândi să formeze numărul fratelui ei. Alex rămăsese cel mai apropiat prieten al său, chiar dacă de-a lungul anilor avuseseră destule certuri.

Ei doi nu împărtășeau prea multe trăsături fizice, chiar dacă erau gemeni. Cu toate acestea, aveau în comun aceeași perspectivă egoistă în viață. În consecință, de multe ori ajungeau la discuții pentru că nici unul dintre ei nu era capabil de compromis.

Ariel formă numărul său de telefon și așteptă ca fratele său să îi răspundă la apel.

— Hei, bună, Alex, îl salută ea, încercând să nu pară prea îngrijorată, dar tensiunea i se strecură în voce.

— Ce mai e acum, Ariel? răspunse Alex, iar insensibilitatea cuvintelor sale bruște o răni pe Ariel, reducând-o la tăcere pentru câteva clipe. Uite ce e, nu am timp de nimic în acest moment. Tocmai fac ceva. Așa că mai bine suni mai târziu, se grăbi bărbatul să spună, iar mai apoi deconectă apelul, fără să mai aștepte răspunsul ei.

Preț de câteva secunde, Ariel se holbă la telefonul din mâna ei cu ochii mari. Nu îi venea să creadă că fratele ei nici măcar nu se obosise să audă ce avea ea de spus.

Femeia îl știa bine pe Alex și că acesta avea impresia că el era centrul universului , dar, în ciuda acelui fapt, tot se așteptase ca el să îi arate ceva considerație și îngrijorare frățească.

Ariel își dezveli dinții, dar se controlă și nu cedă impulsului de a urla de frustrare. Se temea că bătrânul paznic ar putea avea un atac de cord, iar ea, una, avea destule pe cap în acel moment. Nu mai avea nevoie de alte probleme.

Femeia inspiră și expiră profund pentru a-și elibera tensiunea din trup. Când consideră că s-a calmat suficient, Ariel formă numărul de telefon al lui Bryan. Mesageria vocală intră imediat și femeia se încruntă.

Ce naiba? Chiar nimeni nu mai e disponibil? se întrebă ea cu exasperare.

Ariel decise să îl sune pe Bryan acasă, în speranța că acesta își lăsase telefonul mobil pe undeva în casă și nu îl auzise. Tânăra femeie lăsă să sune de vreo zece ori, dar, mai apoi, trebui să admită că nu se găsea nimeni în casă acolo, ceea ce părea destul de ciudat. Era posibil ca Becka să fie la universitate, dar, cel puțin, menajera ar fi trebuit să fi răspuns la telefon.

Probabil că pruncii sunt la bunici, se gândi femeia. *Este posibil să îi fi dat ziua liberă menajerei,* decise Ariel după câteva momente. *Și ce fac eu acum?* medită ea, știind că Matt și Jay aveau planuri să se ducă la Montreal cu soțiile lor în ziua aceea și nu aveau cum să îi vină în ajutor.

Mai apoi, Ariel își aminti că salvase numărul de telefon de la sala de arte marțiale pe care o deținea Bryan și îl formă imediat. Telefonul sună de trei ori, iar senzația de înfrângere o copleși. Nimeni nu îi va răspunde la apeluri în seara aceea.

Când o voce gravă îi răsună în ureche, femeia nu își putu opri sentimentul de ușurare, dar și de neplăcere, în același timp. *Evident, trebuia ca Max să îmi răspundă la telefon azi,* se strâmbă Ariel.

Își amintea bine de partenerul de afaceri și prietenul lui Bryan, care de câte ori li se încrucișau drumurile și o vedea, o acosta. Gândul că Max ar putea fi singura ei șansă de a părăsi clădirea într-o singură bucată în seara aceea o făcu să își înclește dinții.

Max își repetă salutul, iar glasul său îi trădă confuzia. Bărbatul nu pricepea de ce ar fi sunat cineva la sală și nu s-ar fi obosit să vorbească când i s-a răspuns la apel.

— Bună, Max, răspunse Ariel după câteva clipe. Sunt eu, Ariel, se prezentă ea, numai pentru a auzi după aceea bubuitul râsetului bărbatului.

— Aș recunoaște acea voce oricând, Ariel. Nu este necesar să te mai prezenți, o asigură bărbatul.

— E bine de știut, răspunse femeia, iar buza ei superioară se încreți de neplăcere.

Ariel ar fi preferat ca Max să fi dispărut complet din viața ei, dar, pe moment, se vedea nevoită să discute cu el dacă își dorea să obțină ajutor.

— Poate nu e chiar atât de bine, i-o întoarse bărbatul gânditor. Oricum, ce pot face pentru tine?

— Este Bryan acolo? se interesă Ariel, iar inima i se chirci, temându-se că nu va avea norocl să dea de Bryan în după-masa aceea.

— Mi-e teamă că nu, îi răspunse Max cu regret. A luat-o pe Becka la Cascada Niagara pentru o săptămână. Aceasta tocmai ce și-a terminat examenele, iar Bryan s-a gândit să îi ofere o pauză de relaxare pentru câteva zile, îi explică bărbatul.

— Oh, exclamă Ariel, care nu mai știu ce să spună auzind aceasta.

Femeia nu mai știa ce să facă acum. Își pusese toate speranțele în Bryan. Nu mai știa cui altcuiva să îi ceară ajutorul în după-masa aceea.

— Poate te pot ajuta eu, încercă Max să o asigure, simțind că ceva nu era tocmai în regulă cu femeia.

Bărbatul îi cunoștea tonul vocii bine și glasul ei nu prea suna ca Ariel pe care care el o știa.

— Nu știu dacă poți, spuse Ariel, iar ezitarea îi răsună în voce.

Tânăra femeie nu voia să îi fie datoare pentru nimic lui Max. Cu toate acestea, gândul de a părăsi acea clădire singură din nou o înspăimânta. Lumina aproape că dispăruse complet, iar ea nu știa ce se ascundea printre umbrele străzii. Să doarmă la birou în noaptea aceea nu reprezenta o buna idee, însă. Clădirea nu oferea cine știe ce securitate.

— Nu îmi vei datora absolut nimic, o asigură Max pe un ton de voce confident, dar și liniștitor în același timp.

Omul petrecuse destul timp încercând să descifreze acea femeie și înțelegea foarte bine ce o motiva, așa că, acum, era în stare să îi ghicească gândurile cu destulă acuratețe.

— Nu uita că dacă ai nevoie de ceva, eu sunt aici pentru tine, declară Max cu încredere.

Ariel nu spuse nimic preț de câteva secunde, iar bărbatul începu să își piardă răbdarea. Max o urmărea pe acea femeie de prea multă vreme și gândul că irosise atât de mult timp îl deranja.

Bărbatul știa că ei nu-i păsa deloc de prezența sa. Ariel o dovedise de fiecare dată când dăduseră unul de celălalt. Venise timpul să renunțe să se mai comporte ca un adolescent idiot și să își exprime propria încredere de sine.

— Uite cum stă treaba, Ariel. Dacă ai nevoie de ajutor, sunt aici pentru tine. Acum, dacă nu mai ai altceva de spus, mă întorc la treaba mea, spuse Max, satisfpcut că glasul nu îi trăda supărarea vizavi de el însuși și de ea.

— Nu, nu, se grăbi Ariel să vorbească imediat, temându-se că omul va deconecta apelul.

Se părea că Max era singura ei speranță pentru seara aceea și nu voia să îl piardă. Ar fi preferat să îl evite, dar nu își permitea așa ceva în acel moment.

— Mi s-a stricat mașina și chiar am nevoie de ajutor dacă ai timp să vii și să mă ajuți, adăugă ea, amintindu-și de cuvintele pe care i le spusese Alex mai devreme.

Ariel nu credea că va reuși să le uite prea curând. Femeia nu crezuse că însemna atât de puțin pentru fratele său.

— Da, pot veni să te iau, o asigură bărbatul pe Ariel, înțelegând de ce avea nevoie de la el. Presupun că ai chemat deja CAA, o întrebă Max cu îngrijorare în voce.

Bărbatului nu îi plăcea ideea că tânăra femeie se găsea singură în stradă cu o mașină stricată. Lumina zilei deja dispăruse și nu credea că o femeie singură ar fi fost în siguranță noaptea în Toronto, chiar dacă rareori se întâmpla ceva în oraș.

— Da, și cred că le văd vehiculul acum, îi răspunse Ariel după ce își aruncă ochii pe fereastră.

Farurile ce măturau strada îi atrăseseră atenția.

— Bun, aprobă Max. Dă-mi adresa unde vrei să vin și voi fi acolo cât mai curând posibil.

Ariel își luă telefonul de la ureche și îl privi îndelung, uluită. Femeii nu îi venea să creadă că Max va lăsa totul baltă imediat pentru a veni să o ia, ținând seama de faptul că fratele ei nici măcar nu se obosise să o asculte.

— Ariel, mai ești acolo? se auzi pe linie vocea nerăbdătoare a bărbatului.

— Oh, da, desigur, răspunse femeia de îndată. Uite, aici mă aflu, îi dictă ea adresa. Este una dintre locațiile companiei, îi explică ea.

— Bun, dă-mi în jur de cincisprezece sau douăzeci de minute să ajung acolo, o preveni Max pe Ariel. Stai undeva în interior, mai adăugă el, iar apoi deconectă convorbirea.

Ariel se strâmbă din nou, iar apoi își aruncă telefonul înapoi în geanta de umăr. Știa ea că-și făcuse patul în seara aceea, iar acum trebuia să doarmă în el.

Cu toate acestea, ultimele cuvinte ale bărbatul o deranjau.

Ca și cum m-aș fi umilit telefonându-i numai pentru a mă duce la o plimbare de plăcere prin întuneric, precum o diva idioată, mustăci femeia, amintindu-și bine unele filme de groază pe care le văzuse.

CAPITOLUL PATRU

Mă duc afară la vehiculul CAA, își întoarse Ariel privirea spre gardian. V-ar deranja dacă ați veni, cel puțin, pe treptele de la intrare? Este întuneric și nu mă simt prea în siguranță, îi explică ea, simțindu-se penibil din cauză că pronunțase acele cuvinte.

În fond, o femeie independentă avea întotdeauna grijă de ea însăși. Cu toate acestea, în seara aceea, Ariel nu prea se simțea sigură de sine și se îndoia de validitatea oricărei acțiuni pe care o făcea.

Bărbatul o privi cu confuzie, dar, după aceea, dădu din cap ezitant. Femeile se dovedeau a fi creaturi capricioase uneori. Dar, bărbatul învățase să nu le contrazică prea des. Procedând astfel, însemna că își asigurase un trai destul de confortabil.

Gardianul o cunoștea bine pe femeia ce o avea în fața ochilor. În fond, o vedea aproape zilnic. Aceasta era mereu îmbrăcată cu gust. Tânăra femeie mergea cu capul sus și îi privea pe ceilalți bieți muritori de sus.

Bărbatul observase că lui Ariel îi plăcea să joace rolul unei femei independente. Nu părea să aibă nevoie de nimeni și de nimic pentru a reuși.

Să o audă cerând ajutor din cauză că era beznă afară părea puțin cam implauzibil. Bătrânul nu o văzuse niciodată acționând astfel. De obicei, femeia afișa siguranță, iar vocea ei suna puternică, ba chiar poruncitoare. El nu s-ar fi gândit că ar fi putut trăda vreo ezitare.

Bătrânul om de pază se ridică de pe scaun cu greutate. Încheieturile îl cam necăjeau iarna. Ori de câte ori ar fi stat așezat pentru prea multă vreme, ar fi înțepenit, iar durerea îl copleșea.

Genunchii omului scârțâiră, iar Ariel tresări. Simțindu-se vinovată că îl făcuse pe om să se miște, femeia se întoarse și se grăbi afară să vorbească cu șoferul vehiculului de asistență. Tânăra nu uită să verifice din nou strada, temându-se că cineva ar fi putut sări la ea de după tufișuri, și se simți ușurată când șoferul vehiculului de remorcare o salută.

Bărbatul insistă să verifice mai întâi nivelul carburantului și al uleiului, iar acel lucru o mânie pe Ariel. Știa ea că acesta se gândea că ea nu era altceva decât o muiere cu capul în nori și că pur și simplu uitase să pună benzină în rezervorul mașinii.

Mecanicul observă că nivelul benzinii depășea jumătate de rezervor, așa că se gândi să ridice capota. Când se uită sub capotă, omul fluieră uluit, iar apoi se întoarse spre Ariel.

— Acum, asta chiar e interesant, observă el.

— Ce este interesant? îl întrebă ea, încercând să privească în mașină peste umărul lui.

— Cineva v-a tăiat cablurile de la bujii, îi arătă mecanicul.

La cuvintele sale, un calm glacial o copleși pe Ariel. Tânăra femeie știa că trebuia să-l întrebe despre ce vorbea, dar corzile vocale nu o ajutau deloc. Orice cuvinte ar fi vrut să pronunțe rămâneau blocate în mintea sa. Oricum, nu ar fi contat prea mult pentru că înțelegea ea la ce făcea referire omul.

Ariel își flexă degetele pentru a-și controla teroarea. Se uita fix la mecanic fără să clipească, chiar dacă creierul ei procesase deja cuvintele lui. Și totuși, femeia încerca să nu le lase să o influențeze, înspăimântată că se va prăbuși pe trotuar și va începe să plângă isteric.

— Este interesant că cineva a tăiat acele cabluri. Nu ați setat alarma? o întrebă bărbatul pe Ariel, aplecându-și capul întrebător spre dreapta, analizând nemișcarea nefirească a chipului ei și observând că pielea femeii devenise marmură albă.

Femeia nu părea genul cu o minte de păsărică, așa că mecanicului nu îi prea venea să creadă că aceasta ar fi uitat să pună alarma la mașină. Tipul acela de femeie ar fi verificat de două ori, ba chiar de trei ori, că aceasta ar fi funcționat cum trebuia.

Cum nu putea vorbi, Ariel nu reuși să îi răspundă preț de câteva momente, dar ochii ei nu îi părăsiră chipul bărbatului. Femeia simțea nevoia să înțeleagă toate implicațiile întrebării puse de el pentru că acestea o alarmau mai mult decât o făcuse tăierea cablurilor.

— Ba da, am pus alarma, îl contrazise tânăra femeie pe mecanic pe un ton plat. De asemenea, îmi amintesc foarte bine că, atunci când m-am întors la mașină, a trebuit să descui ușile și să deactivez alarma. Aceasta înseamnă că sistemul era pornit în acel moment, îl informă ea.

Bărbatul îi cercetă chipul pentru a vedea urme de viață. Femeia nu avea nici un pic de culoare în obraji, iar Ariel abia își mișca buzele atunci când îi răspundea la întrebări. Mecanicul se temea că aceasta îi va leșina în brațe, iar el nu se prea descurca cu femeile ce picau plăcintă la picioarele lui.

— Înțeleg, o aprobă bărbatul cu o mișcare a capului.

Omului îi venea să o mângâie pe cap pentru a o consola. Cu toate acestea, știa că un astfel de gest nu ar fi fost nici pe departe potrivit și ar fi putut duce la un nou seminar despre sensibilitate și hărțuire sexuală, dacă nu cumva direct la concediere cu motiv. Deja avea vreo câteva advertismente la dosar și nu îi mai trebuiau alte probleme.

Era adevărat că femeia îi amintea de un copil pierdut pe moment, dar el tot era un profesionist care trebuia să își câștige traiul. Mângâierea clienților pe cap reprezenta rețeta perfectă pentru a fi pus pe liber.

— Dacă persoana care v-a vandalizat automobilul a avut vreun software de hacking pe un telefon mobil făcut anume pentru așa ceva, atunci nu a întâmpinat prea multe dificultăți. I-ar fi luat doar câteva minute să intre în sistemul de alarmă și să o oprească, iar mai apoi doar un minuțel să taie cablurile dacă are ceva cunoștințe legate de automobile, îi explică bărbatul lui Ariel.

În același timp, se întrebă dacă femeia își va reveni suficient de mult pentru a înțelege ce trebuia făcut. Pe moment, aceasta se mulțumea să îl privească fără să clipească. Omul nu reușea să îi citească expresia de pe chip defel.

— Va trebui să remorchez mașina la garaj pentru a o repara acolo dacă găsesc bujiile și cablurile necesare, evident. Dacă nu, va trebui să așteptați un pic, îi explică bărbatul. Va trebui să le comand de undeva, ridică el din umeri, fără să se angajeze prea mult.

Abătută, Ariel dădu din cap că a înțeles. Ea, una, nu mai putea face nimic în plus în legătură cu mașina ei Mini Cooper. Îi dădu omului toate informațiile de care acesta avea nevoie pentru a îi remorca mașina.

Mecanicul tremină de notat totul și se duse în spatele vehiculului său. Atunci, femeia îl întrebă pe un glas pierit:

— Credeți că ați putea scrie un raport legat de această situație pentru poliție?

Bărbatul se întoarse spre ea cu interes în priviri.

— De fapt, va trebui să o fac. Aceasta este o situație care ar trebui investigată de către poliție, o asigură el.

— Mulțumesc, spuse Ariel, iar după aceea, îl privi în timp ce prinse mașina ei de camioneta lui și plecă cu ea.

Durea mult mai mult decât ar fi crezut să-și vadă mașina remorcată, iar femeia abia își putea controla lacrimile ce îi inundau ochii.

Acel Mini Cooper roșu era mândria ea. Ariel economisise câțiva ani pentru a și-l cumpăra, refuzându-și multe lucruri de-a lungul acelui timp. Renunțase la o a doua ceașcă de cafea pe zi, ba chiar, uneori, renunțase și la prânz. Timp de aproape doi ani, tânăra femeie nu își cumpărase nimic de îmbrăcat sau de încălțat, iar acel lucru reprezentase ultimul sacrificiu pentru ea pentru că iubea țoalele și, în special, pantofii.

Acum, se simțea jefuită de mult mai mult decât folosirea mașinii sale. Viața ei personală, precum și visele și dorințele sale păreau să se găsească sub atac.

Ariel nu pricepea ea prea bine cum funcționa acel software de hacking, dar faptul că urmăritorul ei fusese în stare să îi amuțească alarma de la mașină o îngrijora nespus. Asta însemna că nicăieri nu se afla la adăpost de el, iar femeia se întreba acum dacă se va mai simți vreodată în siguranță. Dacă omul avea cunoștințele necesare să dezafecteze sistemele de alarmă, atunci Ariel nu prea avea unde să se ascundă.

Tânăra femeie nu se îndoia că nimeni altcineva decât urmăritorul ei i-a dezafectat mașina. Probabil acesta contase pe faptul că ea ar fi rămas blocată în stradă, o biată pradă la mila lui.

Sunetul unui motor puternic îi ajunse la urechi, iar Ariel își întoarse ochii spre locul de unde venea zgomotul. Inima i se opri pentru o clipă când observă că mașina se interpunea între ea și clădirea companiei unde se afla omul de pază.

Vehiculul încetini și se opri în fața lui Ariel. Ușa șoferului se deschise și o pereche de picioare lungi, puternice, acoperite de denim, se iviră din interior.

Sub ochii mari ai lui Ariel, Max ieși din mașină cu mișcări de felină. Mai apoi, bărbatul se sprijini de capota mașinii, cu mâinile în buzunare și gleznele încrucișate.

— Este totul în regulă, Ariel? o întrebă bărbatul, privind-o cu ochi atenți.

Ochii săi îi spuneau lui Max că femeia era în șoc, deși Ariel încerca să pară nepăsătoare. Bărbatul nu putea discerne nici un fel de culoare pe chipul ei, iar ochii îi luceau puternic din cauza lacrimilor nevărsate.

— Putem vorbi pe drum? întrebă Ariel, apropiându-se de mașina lui cu pași grăbiți, involuntar aruncând o privire furișă peste umăr.

Tânăra femeie dorea să plece cât mai departe posibil de acel loc. Avea senzația că cineva o privea, așteptându-și șansa de a face o mișcare, iar ea, una, nu prea se simțea dornică să-și provoace soarta.

Max arăta destul de înspăimântător cu înălțimea sa și cu mușchii ieșiți în relief, dar ea nu voia să riște absolut deloc. După părerea ei, urmăritorul ei trebuie că avea unele probleme mentale, iar un bărbat bine clădit s-ar putea să nu îl descurajeze în planurile sale dacă era destul de hotărât.

Max se aplecă în fața ei în derâdere, iar apoi gesticulă spre ușa pasagerului. Se putea ca inima lui să plângă văzând o femeie la ananghie, dar știa el că nu era bine să arate vreo slăbiciune în fața ei. Era necesar ca Ariel să se înfurie înainte de a depăși acel șoc paralizant. Cuvinte liniștitoare și o mângâiere pe creștet nu ar fi avut un rezultat pozitiv.

Max nu se înșela. Ochii lui Ariel se îngustară și femeia îi aruncă o privire nimicitoare. Degetele acesteia se strânseră în jurul curelei genții de umăr în timp ce mărșălui furioasă spre ușa pasagerului, iar cizmele îi troncăneau pe caldarâm

Bărbatul își controlă surâsul. Intenția lui nu era să o scoată complet din sărite. Max voia doar să o facă să uite de ceea ce o necăjea pe moment, direcționându-i supărarea spre el.

Cu toate acestea, omul nu își pierduse mințile. Max o știa pe Ariel foarte bine. După primele două sau trei întâlniri întâmplătoare cu ea, bărbatul învățase că trebuia să o deconcerteze. Altfel, l-ar fi azvârlit cât colea, de parcă ar fi fost o muscă supărătoare.

CAPITOLUL CINCI

După primele câteva minute de tăcere, liniștea din mașină devenise prea apăsătoare, așa că Max dădu drumul la muzică. Un jazz liniștitor umplu atmosfera, iar murmurul muzicii o calmă pe Ariel. Degetele i se relaxară treptat, iar ea le resfiră peste geanta pe care o ținea în poală.

Cu coada ochiului, Max îi supraveghea fiecare mișcare. Mai devreme, el observase că femiea își strânsese mâinile în pumni, iar bărbatul se felicită singur pentru că alesese muzica potrivită pentru a o ajuta să se destindă.

Bărbatului nu îi prea surâdea ce citea pe chipul ei. El știa că Ariel lăsa impresia de a fi neînfricată și că niciodată nu era speriată. În acel moment, însă, femeia arăta ca un iepure înspăimântat. Femeia supraveghea strada cu ochi de vultur și tot privea în oglinda retrovizoare, dând senzația că se temea că cineva i-ar fi urmărit.

— Te-ar deranja dacă te-aș întreba de ce tot uiți în oglinda retrovizoare? întrebă bărbatul pe un ton blând, aruncând o privire furișă spre pasagera sa.

Ariel se încordă preț de câteva momente, dar mai apoi ridică din umeri.

— Haide, Ariel, ceva este în neregulă. Pot să-mi dau seama, doar știi, insistă Max. Mai mult decât atât, nu mi-ai spus unde vrei să mergi, comentă el. Conduc orbește aici.

Femeia își strânse buzele de supărare, iar degetele îi începură să i se agite în poală din nou. Senzația de confort pe care muzica i-o oferise mai devreme dispăruse brusc. Ariel simțea impulsul să-l plesnească pe bărbat pentru intruziunea sa în gândurile ei.

— Tu unde ai vrea să mergi? îl întrebă ea, încercând să câștige mai mult timp.

Femeia nu se gândise la o destinație încă, dar nu avea nici un chef să se ducă acasă. Solitudinea de care se bucurase mai înainte nu mai părea la fel de dezirabilă acum.

Cu toate acestea, tânăra femeie știa că va trebui să explice ce se întâmplase, dar se temea că bărbatul s-ar putea să nu o creadă. Încă o mai ustura neîncrederea pe care i-o arătase poliția. Mai mult decât atât, lui Ariel nu i-ar fi plăcut să fie considerată o pisică fricoasă.

Max nu știu ce să-i răspundă pe moment. Întrebarea ei îl surprinsese mai mult decât tot ceea ce se întâmplase în după-masa aceea.

Într-o zi obișuită, Ariel ar fi încercat să îndepărteze de el cât mai curând posibil. Dorința ei de a petrece timp cu el părea extrem de neobișnuită.

— Nu am nici un fel de planuri, ridică bărbatul din umeri. Dar tu? își ridică Max o sprânceană, luându-și ochii de pe drum preț de câteva momente pentru a-i privi chipul acoperit de șuvițele blonde.

— Nici eu nu am, recunoscu Ariel cu o ridicare din umeri. Dar știu că nu vreau să mă duc acasă, adaugă ea cu mai multă hotărâre, încleștându-și și descleștându-și pumnii, supărată pe ea însăși.

Femeia ura propria ei nesiguranță și incapacitatea de a-și controla propriul mediu.

— Bun atunci, spuse Max pe un ton ușor. Ce părere ai dacă am merge să mâncăm ceva? o întrebă el, privind-o cu curiozitate mascată.

Bărbatul crezuse că avea deja o bună idee despre caracterul femeii, iar comportamentul ei în ziua aceea îl uluia.

Femeia își scutură capul, dar nu spuse nimic. Nu știa ce voia, așa că nu își putea exprima părerea pe moment.

Max aruncă o privire spre ceasul de pe bord și spuse:

— E aproape timpul pentru cină. Nu ți-e foame? o întrebă el pe Ariel. Mie, unuia, știu că mi-e, continuă el cu persuasiune, gândindu-se că mâncarea i-ar oferi femeii ceva confort, indiferent de ce o necăjea.

— Puțin, admise Ariel cu oarecare ezitare în voce. Dar nu am chef să merg la cină într-un restaurant, insistă ea, temându-se să se arate în public chiar atunci.

Femeia voia să se ducă undeva unde urmăritorul ei nu ar fi putut să-i observe mișcările.

— Bine, atunci, dădu Max din cap, simțindu-i anxietatea. Atunci ce părere ai dacă am cumpăra ceva, poate la un drive-through sau la un restaurant fast-food care are take-out, pentru ca apoi să mâncăm la mine acasă? propuse el.

Bărbatul nu se aștepta ca ea să-i accepte propunerea, dar știa că nu avea nimic de pierdut.

Acum, Ariel îl privi pe Max cu ochii măriți, fără să-și mai găsească cuvintele. Nu știa dacă ar fi fost o idee prea bună să se ducă la el acasă, dar propunerea lui o tenta. Mai mult de atât, femeia nu se putea gândi la nici un alt loc unde s-ar fi găsit sub radar, departe de supravegherea urmăritorului.

— Știi că vei fi în siguranță cu mine, declară Max, privind-o fix, cu ochi duri, preț de câteva secunde.

Bărbatului nu-i plăcea ideea că femeia s-ar putea teme de el.

— Știu asta, admise Ariel.

Era adevărat că bărbatul se dovedea insuportabil uneori și că o necăjea cu atenția lui insistentă, dar niciodată nu împinsese lucrurile prea departe. Max avea o percepție încețoșată a limitelor, dar le respecta într-un fel.

Femeia nu se simțise niciodată în pericol fizic atunci când el era cu ea. Doar că Ariel se cam temea că ar putea uita de familia sa și de dorințele sale și s-ar putea să cedeze în fața insistenței lui neobosite. De altfel, bărbatul arăta foarte bine, iar farmecul lui special nu o prea ajuta pe femeie să-și respecte hotărârile.

— Deci? insistă Max, ridicându-și sprâncenele interogativ.

— Bine atunci, acceptă Ariel. Putem cumpăra ceva de la un restaurant fast food și apoi mergem la tine acasă să luăm cina, se hotărâ ea.

— Ai vreo preferință? o întrebă Max, luând-o pe o stradă le dreapta.

Acum că știa încotro se duceau, trebuia să schimbe direcția înspre casa sa.

— Nu prea, îi răspunse Ariel cu o ridicare din umeri indiferentă. Orice vrei tu este bun și pentru mine, explică ea.

— Deci ți-ar place Popeye's? continuă Max să conducă relaxat, dar în tot acest timp tot verifica oglinda retrovizoare, interesat să afle ce căuta Ariel să vadă.

Curiozitatea lui atinsese un nivel extrem de ridicat în ultimele câteva minute.

— Da, este foarte bine, îi răspunse femeia pe același ton indiferent care începuse să îl cam scoată din sărite pentru că îi lăsa impresia că aceasta nici măcar nu se găsea alături de el mental.

— Bun atunci, își admise Max înfrângerea.

Știa el că nu avea cum să obțină mai mult de la ea.

— Atunci mergem la Popeye, se arătă el de acord și schimbă direcția spre cea mai apropiată locație.

Considerând felul în care femeia îi răspundea la întrebări, Max știa că Ariel nu se va arăta entuziasmată în legătură cu nimic. Cu toate acestea, bărbatul știa, de asemenea, că acesteia îi plăcea Popeye's. O văzuse devorând o jumătate de găleată singură o dată, o faptă care îl uimise. Silueta lui Ariel contrazicea apetitul voracios pe care aceasta îl afișa.

Prin rețeaua de bârfă, Max auzise că Ariel urma o rutină de aerobic viguroasă în fiecare dimineață. Cu toate acestea, după părerea lui, acea rutină nu avea cum să țină piept la felul în care mânca femeia. În consecință, bărbatul trăsese concluzia că, de fapt, Ariel avea un metabolism extrem de activ. Nu putea exista o altă explicație.

Oprindu-se în fața la Popeye's, Max o invită să îl însoțească înăuntru pentru a putea alege ce își dorea pentru cină.

— Nu, tu du-te și comandă ceea ce vrei, își scutură Ariel capul. Cineva trebuie să rămână în mașină, continuă ea cu hotărâre, chiar dacă Max consideră că explicația ei nu avea nici un fel de logică.

Cu toate acestea, femeia nu avea nici o dorință să vadă o a doua mașină defectată pe ziua aceea și nici nu credea că urmăritorul ar îndrăzni să spargă ferestrele pentru a ajunge la ea. În fond, Max parcase automobilul pe o stradă frecventată des, iar în jur se găsea o mulțime de oameni care se plimbau pe trotuare.

— Bine, acceptă Max, privind-o pe femeie gânditor. Dar când mă întorc, va trebui să îmi spui ce se petrece cu tine, declară bărbatul pe un ton care nu mai permitea nici un fel de contra-argument, iar mai apoi acesta părăsi mașina, îndreptându-se spre restaurant.

Ariel își scoase limba în spatele lui, dar femeia trebui să admită că era necesar să îi spună lui Max ce se petrecea. Acesta avea nevoie să știe la ce se putea aștepta. Mai mult decât atât, bărbatul ar fi putut crede că ea își pierduse mințile dacă ea continua să ascundă realitatea.

Probabil că oricum are impresia că sunt nebună, mormăi ea, amintindu-și că nu ar fi fost primul să creadă așa ceva.

Femeia știa din experiență că oamenii nu credeau că cineva era urmărit atunci când nu existau suficiente dovezi pentru a susține o astfel de alegație. Polițiștii fuseseră extrem de clari despre acel fapt chiar de la început. Îi ascultaseră povestea, dar o priviseră cu milă. De fiecare dată când își amintea de reacția lor, pe Ariel o copleșea furia.

Așteptându-l pe Max, Ariel încercă să-și facă ordine în gânduri pentru a îi putea da un sumar concis a ceea ce se întâmplase până atunci. Cu toate acestea, ochii ei grijulii studiau fiecare persoană care trecea pe lângă mașina în care se găsea. Femeia era decisă să-l descopere pe monstrul care îi pătase existența în ultimele câteva luni.

Tânăra femeie nu avea nici cea mai mică idee despre cum arăta individul și acel lucru o înnebunea. Dar, Ariel era sigură că ar fi putut recunoaște o persoană care ar fi dovedit un interes nesănătos dacă cineva ar fi arătat așa ceva.

Femeia se concentrase atât de mult pe acea activitate încât, atunci când Max se întoarse și încercă să deschidă ușa de la automobil, un strigăt de spaimă îi zbură acesteia de pe buze. Imediat după aceea, femeia își apăsă pumnul strâns peste gură pentru a-și opri țipătul, iar sprâncenele bărbatului i se cățărară sus pe frunte.

Max o privi cu curiozitate și uluire preț de câteva clipe, iar mai apoi își scutură capul, negăsindu-și cuvintele pentru a-și exprima opinia. După aceea, bărbatul deschise ușa de la mașină, îi întinse lui Ariel găleata cu pui și punga cu celelalte lucruri pe care le cumpărase pentru ei, iar mai apoi, se strecură pe scaunul șoferului și își prinse centura de siguranță.

— Îmi cer scuze, mormăi Ariel cu neplăcere fără a-l privi.

Femeia avea senzația că reacționase prostește și se rușina de felul în care se comportase. Nu știa cum să-l facă pe bărbat să uite de cele întâmplate și de impresia pe care o lăsase și care denota că își pierduse mințile de-a binelea.

Max nu păru să se grăbească prea tare să pornească motorul, chiar dacă tăcerea se prelungea. Ariel îi aruncă o privire furișă din colțul ochiului. Bărbatul se uita fix la ea, pe jumătate întors spre ea, iar șuvițele lui lungi îi acopereau chipul. Umbra bărbii îi accentua linia maxilarului, iar Ariel simți un freamăt în partea inferioară a abdomenului.

De fapt, Ariel simțea așa ceva de fiecare dată când dădea cu ochii de Max, iar acea atracție intensă și iexplicabilă o deranja. Nici un alt bărbat nu îi mai stârnse asemenea reacții, iar ea nu știa ce să facă cu ele.

Femeia încercase, într-adevăr, să îl ocolească pe Max și interesul lui constant în ea, dar numai pentru că ea considera că un bărbat nu ar fi trebuit să afișeze o coamă atât de lungă și deasă de păr sau tatuajele întunecate de pe brațele sale, cum o făcea el.

Tânăra femeie asociase întotdeauna înfățișarea lui cu cea a îngerilor iadului, mai ales după ce îl văzuse pe Max conducând o motocicletă puternică. Ariel era fericită că măcar bărbatul nu venise să o ia pe motocicletă în ziua aceea. Trebuie că fusese norocul ei că ninsese mai devreme și era ger afară acum.

Femeia niciodată nu mersese pe o motocicletă și avea o teamă sănătoasă vizavi de orice mijloc de transport de acel gen. Cnsidera că felul în

care s-ar fi simțit vântul în părul ei nu ar fi compensat pentru posibili-
tatea de a pierde vreun membru sau chiar mai rău.

În mod obișnuit, temându-se că altfel ar fi pierdut contactul cu real-
itatea altfel, Ariel evita să se mintă pe sine atât de mult. De aceea, Ariel
admise că opiniile ei erau de modă veche și nu putea renunța la ele. Ei îi
plăcea cu adevărat felul în care arăta bărbatul, dar concepțiile ei dictau
un anumit tip de înfățișare pentru un bărbat.

De fapt, femeia credea că Max arăta chiar foarte bine. Nici unul
dintre bărbații cu care ieșise ea nu se putea compara cu el. Dar, Ariel nu
credea că ar fi fost capabilă să iasă cu un bărbat al cărui păr era mai lung
decât al ei și care nu dădea nici o ceapă degerată pe anumite convenții
sociale.

Lui Max îi plăcea la nebunie să se comporte în așa fel încât să îi facă
pe oameni să se încrunte. Omul făcea întotdeauna ceea ce îi convenea
lui și nu dădea doi bani pe părerile altora. Convențiile nu intrau nicio-
dată în vocabularul lui.

— Cred că ar trebui să îmi spui ce se petrece, Ariel, spuse Max pe
un ton liniștit după o vreme.

Ariel deja nu se mai aștepta să îl audă vorbind, iar vocea loi o făcu să
tresară. Ochii ei se îndreptară spre el, iar mâna sa dreaptă îi sări la piept,
ca și cum ar fi vrut să-și calmeze bătăile furioase ale inimii.

— Nu am avut intenția să te speriu, se scuză Max pe același ton și se
întinse să îi prindă mâna dreaptă. Vreau să spun că am observat că ești
adâncită în gânduri, dar nu mi-am imaginat că mintea ta a început să
cutreiere un cu totul alt univers, adăugă el.

Bărbatul îi aruncă o privire lui Ariel, iar un zâmbet îi arcui linia sev-
eră a buzelor.

Acel zâmbet o surprinse. Rareori văzuse Ariel un zâmbet pe chipul
bărbatului, chiar și atunci când acesta încerca să o vrăjească. Femeia
chiar se întrebase ce spunea acel lucru despre Max, dar niciodată nu se
obosise să afle.

După părerea ei, bărbatul nu i se potrivea, așa cum obișnuia să spună străbunica ei. De aceea, tânăra femeie nu vedea de ce ar fi trebuit să facă efortul pentru a înțelege ce îl determina să se comporte în felul acela.

Mai mult decât atât, lui Ariel îi era silă de felul în care se comportau bărbații pe care îi înâlnea și, de aceea, de ceva vreme, renunțase să mai caute dragostea. Femeia se mulțumea să trăiască o viață destul de plictisitoare, dând peste un moment de bucurie din când în când.

Suferea pentru că nu avea posibilitatea de a-și împlini destinul, dar nimic mai mult. Dragostea se dovedise a fi un joc brutal, iar ea, una, niciodată nu învățase să îl joace așa cum trebuia.

— Ariel, insistă Max să primească un răspuns, trăgând-o de mână.

Bărbatul își dăduse seama că femeia uitase de el din nou și se gândea la Dumnezeu știe ce.

Tânăra femeie își scutură capul ca să și-l limpezească, iar mai apoi, își îndreptă privirea spre ochii lui de cafea întunecați.

— Îți voi spune, reuși Ariel să pronunțe printre dinții strânși. Dar nu chiar în acest moment, îl avertiză ea. Hai, să mergem la tine acasă mai întâi, iar, după aceea, îți voi spune totul, adăugă ea, întorcându-și capul spre fereastră pentru a nu-i mai vedea chipul în fața ochilor.

Nu că mă vei și crede, desigur, mormăi femeia pentru sine însăți, trăgându-și mâna dintr-a lui în același timp.

— Și de ce nu te-aș crede? o întrebă Max, între sprâncene apărându-i o cută adâncă.

Ariel își întoarse ochii înspre el, privindu-l fix, uluită. Femeia nu crezuse că acesta ar fi putut să-i audă mormăiala. Mai mult decât atât, încruntarea lui o uimea și mai mult.

— Vom vedea, ridică Ariel din umeri și abandonă discuția, încercând să se aranjeze cât mai confortabil în scaunul ei.

Femeia pusese punga cu celelalte lucruri pe podea, dar, încă mai ținea găleata pe colțul scaunului ei.

Max așteptă câteva clipe ca să vadă dacă femeia mai dorea să adauge ceva, dar, mai apoi, își dădu seama că Ariel chiar nu intenționa să îi spună absolut nimic înainte să ajungă la el acasă.

— Bine atunci, vorbim când ajungem acasă, spuse el pe un ton coborât, arătându-i că era de acord cu ea, iar, după aceea, întoarse cheia în contact.

Ca și cum ai fi avut de ales, surâse Ariel ironic, satisfăcută că măcar de data aceea, câștigase bătălia. Știa că gândul ei era meschin, dar nu o deranja defel.

CAPITOLUL ȘASE

Max opri mașina în fața porții și, aplecându-se peste Ariel, scoase o telecomandă din torpedou. Când arătătorul său apăsă un buton, poarta alunecă silențios spre dreapta, iar bărbatul își conduse automobilul în garajul situat într-o curte largă. Ușa acestuia deja se ridica în fața sa.

Impresionată cu acea tehnologie de ultima oră, Ariel dădu din cap, strângându-și buzele, iar colțul drept al gurii lui Max se arcui în sus, într-un surâs satisfăcut. Omul încercase să o uluiască pe femeie de foarte mult timp și, acum, în sfârșit, reușise.

Și când te gândești că nu aveam nevoie decât de o poartă și o ușă de garaj controlate cu telecomanda, își scutură omul capul.

Nu fusese el prea sigur ce să creadă despre femeia pe care o iubise în secret de atâta timp când își dăduse seama că unele lucruri atât de triviale o puteau face să-și schimbe părerea despre el. Cu toate acestea, Max încerca să nu pritocească asupra acelei revelații prea mult.

Bărbatul deja o cunoștea pe Ariel destul de bine. Ei doi se întâlniseră de câteva ori din cauza lui Bryan, iar Max deja învățase că multitudinea de defecte ale femeii ar fi fost suficiente pentru două sau trei femei.

Cu toate acestea, în ciuda atitudinii frivole pe care aceasta o afișa uneori, omul nu și-o putea scoate pe Ariel din minte. Din primul moment în care îi căzuseră ochii asupra ei, Max pierduse lupta cu propria rațiune.

Înfățișarea ei ce amintea de un spirit al pădurii, precum și ceea ce Max credea că putea citi în ochii ei, îl făcuse pe acesta să nu mai fie capabil să își învingă dorința nebună ce o resimțea față de Ariel.

Uneori, Max se certase pe sine însuși pentru propria sa prostie de a se fi fixat pe o femeie atât de superficială, dar, mai apoi, se mulțumea să ridice din umeri și își continua cursa de a o cuceri.

În spatele lor, poarta alunecă înapoi în locașul ei la fel de silențios precum se ridicase și se blocă. Lumina de la becurile de pe stradă se reflecta în zăpada care mărginea aleea. De asemenea, aceasta lumina ferestrele întunecate ale casei, care era situată în dreapta garajului.

Max își conduse mașina în garaj unde luminile din tavan se aprinseseră în momentul în care ușa se deschisese și parcă în timp ce ușa de la garaj coborî din nou, tăindu-i complet de lumea din afară.

Ochii curioși ai lui Ariel măturară interiorul cu și femeia observă cu satisfacție că omul era ordonat. Totul părea să aibă un loc anume pe rafturi sau în locuri de depozitare. Motocicleta lui neagră se găsea la capătul îndepărtat al garajului, iar lumina făcea ca fuselajul ei puternic să strălucească.

— Nu-ți place dezordinea, remarcă Ariel cu uluire în voce.

Tânăra femeie se așteptase la altceva din partea lui. O dată, străbunica ei, Rebecca, spusese că Max îi amintea de hipii de prin anii șaptezeci, iar Ariel nu uitase niciodată acea observație. De aceea, de atunci, îl asociase pe bărbat cu dezordinea și lipsa normelor sociale.

Max își întoarse privirea sprea ea și un zâmbet amar îi apăru pe buze. Bărbatul avea o idee destul de clară despre gândurile ce îi treceau femeii prin cap în acel moment.

Nu era prima dată când Ariel părea să fie complet surprinsă să afle ceva despre el. Femeia se aștepta mereu la un anumit tip de comportament din partea lui și, ori de câte ori el îi dovedea că era diferit, ei nu-i venea să-și creadă ochilor.

— Nu, nu-mi place dezordinea, îi răspunse bărbatul la obiect, îndepărtând o șuviță de păr ce-i căzuse peste față. Hai să intrăm înăuntru, o invită el și ieși din mașină fără a-i mai aștepta răspunsul.

Max ocoli mașina și deschise ușa din dreptul pasagerului pentru a lua de pe podea punga și găleata de lângă Ariel. După aceea, îi îintinse femeii mâna pentru a o ajuta să iasă din automobil.

După o scurtă ezitare, Ariel își puse mâna într-a lui și-i acceptă ajutorul. Max închise ușa la mașină și o ghidă pe Ariel spre ușa laterală ce ducea în casă.

Ariel se opri brusc, iar Max se întoarse spre ea, una dintre sprâncenele sale arcuindu-se sus pe fruntea sa.

— E vreo problemă? o întrebă bărbatul pe femeie.

Acesta mai că se aștepta ca ea să îi spună că nu s-ar fi cuvenit ca ea să fie singură cu el în casă.

— Doar mă întrebam, începu Ariel să spună cu oarecare reticență, mușcându-și buza inferioară în același timp.

— În legătură cu ce? se interesă bărbatul când aceasta nu-și mai continuă gândurile, iar ochii săi întunecați cercetară chipul femeii.

— Presupun că ai un sistem de alarmă atât pentru poarta de la intrare, cât și pentru ușa de la garaj, își termină femeia ideea într-un târziu, iar bărbatul observă că degetele acesteia tremurau aproape imperceptibil.

Preț de câteva secunde, Max îi cercetă chipul din nou, iar apoi spuse pe un ton liniștitor:

— Nu te teme, Ariel. Într-adevăr am alarmă atât la poartă, cât și la ușa de la garaj.

Ariel îi evită bărbatului privirea și își coborî privirea spre propriile mâini, pe care începuse să le strângă în pumni și să le desfacă spasmodic. Mai apoi, femeia spuse:

— Dar sunt oameni care pot ocoli sistemele de alarmă, nu e așa?

Max își aplecă capul pentru a o putea privi drept în ochi. Creștetul femeii abia de-i ajujngea la umăr, dar brusc, aceasta părea și mai mică. Teama emana prin toți porii ei, iar bărbatul i-o percepu imediat.

— În teorie, orice sistem de alarmă poate fi înfrânt, se arătă Max de acord pe un ton liniștitor. Dar dacă știi ce trebuie să faci și ai un sistem de back up pentru orice dispozitiv, atunci nu este pericol, o asigură el.

— Ești sigur? își ridică ea capul atât de brusc încât bretonul îi sări în sus.

Max observă lucirea de speranță din ochii ei, iar inima i se încleștă. Femeia era mai mult decât înspăimântată. Acum putea fi sigur că ceva i se întâmplase.

— Sunt sigur, Ariel, îi luă el una din mâini într-a lui. De asemenea, am suficient back up la toate alarmele, așa că nimeni nu le poate opri pe toate. Nimic rău nu ți se va întâmpla sub acoperișul meu, îi promise Max tinerei femei, strângându-i mâna pentru a o alina.

— În regulă atunci, acceptă ea cu reticență și începu să meargă alături de el cu pași ezitanți.

— Mergem înăuntru și îmi voi arma toate alarmele, îi promise Max, iar Ariel oftă de ușurare.

CAPITOLUL ȘAPTE

Max o conduse pe Ariel sus pe câteva trepte spre ușa de la bucătărie, iar după ce au intrat în acea încăpere, aprinse luminile. Mai apoi, bărbatul lăsă mâncarea pe masa din bucătărie și o invită pe Ariel să ia loc pe banchetă.

— Mă duc să mă ocup de acea alarmă pe care o am pentru back-up și de care ți-am vorbit, îi surâse Max lui Ariel. Așteaptă numai câteva momente aici, ridică el din umeri. Dacă vrei, poți să faci niște cafea sau ceai, ce vrei tu, arătă el spre cafetieră și, mai apoi, spre ceainicul de pe tejghea.

— Nu-ți fă griji pentru mine. Mă voi descurca eu, spuse Ariel, fluturându-și mâna, iar un zîmbet slab îi ridică colțurile buzelor.

Cu toate acestea, Max observă că zâmbetul ei nu ajunse și la lumina ochilor și bărbatul oftă în sinea sa. Nu mai era nici un fel de îndoială că ceva era în neregulă cu Ariel în seara aceea, iar el, unul, abia aștepta să pună lucrurile la punct din nou.

Max se tot gândise la Ariel de când o văzuse prima dată la nunta Beckăi cu Bryan, care era cel mai bun prieten al său și partenerul său în afaceri.

— Mă întorc la tine în câteva minute, o asigură Max pe femeie, bătând-o cu afecțiune pe braț, iar apoi ieși din bucătărie cu pași hotărâți.

Bărbatul voia să pună totul în funcțiune cât mai curând posibil. Își amintea că, de fapt, Ariel nu era o persoană care să-și imagineze lucruri și nu avea obiceiul să înceapă să tremure din cauza unui capriciu. Ceva real o înspăimânta.

Fără să afișeze nici un fel de expresie pe chipul ei, Ariel îl urmări pe Max părăsind încăperea. Imediat ce ușa de la bucătărie se închise în spatele lui, femeia se îndreptă spre ușile franțuzești ce se deschideau înspre curtea din spate. Tânăra femeie privi afară, lipindu-și capul de geam.

Câteva lampioane luminau curtea și grădina care se întindea dincolo de aceasta. Ochii i se lărgiră din cauza uluirii, iar buzele i se deschiseră într-un *o* mut.

Aceasta era prima dată când Ariel pusese piciorul în acea casă, dar nici nu se gândise vreodată prea mult la ea. Știa ea că se presupunea că bărbatul avea o oarecare situație financiară, din moment ce era partenerul în afaceri al cumnatului ei, Bryan, care deținea o sală de antrenament pentru arte marțiale în centul orașului Toronto. În fond, Bryan nu avea nici el o situație prea proastă. Cu toate acestea, femeia nu se așteptase niciodată ca Max să dețină atât de mult spațiu numai pentru el.

Preț de câteva clipe, Ariel privi copacii groși. Femeia nu putea vedea prea bine straturile de flori din cauza zăpezii, dar observă că grădina avea un design geometric, ceea ce o impresionă. Nu iubea ea nimic mai mult decât o grădină ordonată.

De asemenea, Ariel admiră forma tufișurilor împrăștiate de-a lungul aleilor.

Horticulturista din ea aprecia toată munca ce intra în acea operă de artă. Fie că Max muncise din greu pentru a creea acea grădină, fie angajase o echipă de arhitectură peisagistică. Indiferent de situație, cineva făcuse o treabă excelentă acolo, iar Ariel se simți geloasă că nu avusese ea șansa să aducă la viață acea viziune. Oricum, ochiul ei bine pregătit găsi câteva lucruri care ar fi putut fi îmbunătățite.

Zona aceea ar fi putut reprezenta visul de-o viață al unui peisagist. Destul de mare, topografia sa o făcea perfectă pentru a experimenta cu idei diferite. Acela era visul ei de foarte multă vreme și nici măcar nu putea compara acea grădină cu ceea ce avea ea în spatele casei.

Pierdută în gânduri, Ariel nici nu observă când Max se reîntoarse în bucătărie. Bărbatul se opri lângă bancheta de colț și își sprijini un șold de marginea mesei. Îşi aplecă uşor capul cu curiozitate şi îi privi reflecţia în geamul uşilor franceze, întrebîndu-se ce îi trecea femeii prin minte.

De mult timp Max tot încercase să o descifreze pe acea femeie, dar descoperise că nu era ceva prea uşor de făcut. Aflase că aceasta avea o parte materialistă şi fusese martor la destule incidente ce scoteau acea trăsătură în releief. În urma celor aflate, bărbatul, de asemenea, îşi chestionase de mai multe ori înţelepciunea sentimentelor sale pentru Ariel. Max observase frivolitatea femeii în anumite circumstanţe, iar acela era un lucru pe care nu îl putea uita.

Max nu ştia dacă ce simţea pentru tânăra femeie era dragoste sau pur şi simplu dorinţă. Aparenţa de trestie mlădie, verdele ochilor ei şi luminozitatea părului ei îl atrăseseră la început, iar el recunoştea acel lucru.

Cu toate acestea, simţea că femeia reprezenta mai mult decât ceea ce putea el vedea cu ochiul liber. Dacă ar fi săpat adânc, ar fi putut găsi şi altceva dincolo de superficialitatea vizibilă şi dragostea ei pentru aparenţe.

Poate că era doar ceea ce îşi dorea el să fie realitate, dar tot se agăţa de ea pentru că, altfel, însemna că nu-şi făcea decât iluzii.

Şi probabil doar îmi surâde pedeapsa ce vine cu sentimentele mele pentru ea, râse Max de sine însuşi, amintindu-şi de felul în care femeia se comportase faţă de el în trecut.

Se putea ca Ariel să aibă nevoie de ajutorul lui acum, dar aceasta nu însemna că-i crescuse respectul faţă de bărbat. Femeia nici măcar nu dorise să-l sune pe el. Ea doar îl căuta pe Bryan şi, în schimb, îl găsise disponibil doar pe el.

Bărbatul îşi scutură capul pentru a-şi limpezi mintea. Max ştia că îi trebuiau toate facultăţile mentale atunci când discuta cu acea femeie. Ariel îl făcuse fărâmiţe în trecut şi nu doar o singură dată. După aceea, el îşi promisese să nu i-o mai permită din nou. Trebuia să dovedească şi el ceva demnitate şi să îşi impună punctul de vedere.

— M-am îngrijit de tot, Ariel, spuse el pe un ton liniștit pentru a nu o speria.

În ciuda acelui fapt, un strigăt zbură de pe buzele ei și Ariel se întoarse spre el cu ochii lărgiți. Max observă că îi dispăruse culoarea din obraji complet și își scutură din nou capul cu necaz.

— Îmi pare rău, o porni bărbatul spre ea. Nu aveam intenția să te speriu, continuă el pe un ton liniștitor, întinzând mâna pentru a-și încolăci degetele în jurul cotului ei și pentru a o conduce spre masă.

Ariel părea destul de zguduită, iar Max nu-și dorea să o vadă alunecând la podea. Nu ar fi fost ceva potrivit să se întâmple când se găseau în casa lui împreună pentru prima dată, iar dacă lucrurile ar fi continuat așa cum ar fi dorit el, femeia ar fi petrecut multe alte zile alături de el acolo.

Femeia reuși să ajungă la banchetă și să se așeze cu grijă, în același timp frecându-și pieptul cu degetele tremurătoare.

— Îmi pare rău, găsi Ariel curajul să își ridice privirea spre Max după câteva clipe.

Ochii ei cutreierară chipul fără expresie al bărbatului, iar apoi se opriră asupra întunecimii din pupilele lui. Femeia nu reușea să-i deslușească gândurile și își blestemă incapacitatea de a-și folosi darurile nature. În acea clipă, Ariel ar fi dat orice numai ca să știe ce gândea bărbatul.

— Nu, a fost vina mea, îi tăie Max scuzele scurt, fluturându-și degetele pentru a-i curma cuvintele.

Bărbatul avea alte lucruri în mintea lui pe moment și considera că deja se învârtiseră suficient în jurul problemei.

Era timpul ca Ariel să îi mărturisească ce i se întâmplase. Femeia trebuia să îi spună cine sau ce îi pusese acea privire de cerb speriat în ochi. Max avea suficient de multă răbdare, în mod obișnuit, dar și el avea, desigur, limitele lui.

Cu toate acestea, Ariel dorea să facă lucrurile așa cum se cuvenea și își ridică privirea spre Max, cercetându-i chipul. Atuni, își dădu ea seama că Max nu încerca să fie politicos, ci doar voia să încheie acea discuție stupidă. Lui nu îi păsa a cui vină era de Ariel se speria tot timpul, așa că femeia își schimbă cursul de acțiune. Se mulțumi să dea din cap și să-și înlănțuiască degetele în poală, neștiind ce ar fi trebuit să facă după aceea.

— Bine atunci, oftă Max în surdină. Cred că mai binc mâncăm puiul acela acum. Se va răci curând, gesticulă bărbatul spre puiul din găleata de pe masă. Presupun că va trebui să-ți ofer o farfurie reală și tacâmuri înainte de a împărți mâncarea, adăugă Max pe un ton practic.

După aceea, bărbatul se îndreptă spre dulap pentru a scoate articolele respective și a le aduce la masă.

La început, Ariel se încruntă, considerând că bărbatul voia să o ridiculizeze. Mai apoi, se gîndi mai bine și ajunse la concluzia că vocea lui Max sunase suficient de indiferent pentru ca ea să renunțe la a comenta.

Oricum, tânăra femeie chiar avea nevoie de o farfurie și tacâmuri pentru a mânca. Speriată sau nu, nu avea intenția să uite totul despre eticheta potrivită la masă și să se transforme într-o sălbatică.

Ei nu-i păsa de ce ar fi crezut altcineva despre comportamentul ei. Ariel ținea foarte mult la principiile ei, iar dacă nu i-ar fi convenit cuiva, atunci acel cineva putea să se ducă la plimbare.

Max se întoarse la masă cu două farfurii și furculițe și le puse pe masă. Trase mai aproape de ei cutia cu șervețele, iar, mai apoi, cu un gest, o invită pe Ariel să se servească.

— Ar trebui să-mi spăl mîinile mai întâi, spuse ea pe un ton de casă mare.

— Am crezut că ai făcut-o deja cât m-am ocupat eu de sistemele de alarmă, i-o întoarse Max, iar sprânceana lui stângă se arcui.

— Nu știu unde este toaleta pentru doamne în casa ta, îi răspunse Ariel cu o ridicare din umeri indiferentă.

— Toaleta pentru doamne? se interesă bărbatul, iar umbra unui râset vibră în cuvintele lui.

— Știi despre ce vorbesc. Este locul acela unde cineva își poate spăla mâinile, pudra nasul..., începu Ariel să-i explice, o cută apărându-i între sprâncene, dar Max își ridică mâna pentru a o opri.

— Știu ce este, îi răspunse el. Nu mă așteptam, însă, să aud o expresie dintru-un roman istoric. Atâta tot, îi explică bărbatul pe un ton rece. Oricum, îți pot arăta unde este baia, o invită Max să se ridice, fluturându-și degetele în direcția ușii de la bucătărie.

Ariel se ridică, iar obrajii i se pudrară cu un roz palid. *La naiba, chiar că arată ca unul dintre eroii aceia din romanele istorice, chiar dacă este el cam măgar uneori,* se gândi ea, aruncând o privire rapidă spre șuvițele întunecate și barba bărbatului.

La primul semnal că fluturii din abdomenul ei se treziseră, femeia aruncă o altă privire chipului bărbatului. Când ochii ei întâlniră expresia amuzată din ai lui, Ariel imediat își îndreptă privirea spre podea și o porni spre ușă cu pași rapizi.

Bravo ție, Ariel, se certă pe sine însuși, supărată că îi permisese bărbatului să discearnă o parte din gândurile ei. *Cred că sunt prea zguduită ca să gândesc clar azi,* reflectă ea, ieșind din bucătărie. *Altfel, nu ar fi el în stare să citească prea multe din gândurile mele,* admise femeia.

După ce ieși din încăpere și pătrunse în camera de zi, Ariel se întoarse întrebătoare spre Max, neștiind încotro să o ia de acolo.

— Drept înainte, Ariel, gesticulă Max spre cealaltă parte a camerei de zi, care era mărginită de trei uși.

— Care ușă? se întoarse Ariel spre el, sătulă de atitudinea lui. Sunt trei din câte văd.

— Am spus drept în față, sublinie Max. Aceasta înseamnă drept în fața ta, îi explică el cu răbdare, în același ton pe care l-ar fi folosit pentru a-i explica lucrurile unui copil mic.

Supărată pe el, Ariel se strâmbă și, cu pași repezi, femeia se îndreptă spre ușă. Max o privi, iar un zâmbet mic îi flutură pe buze.

— Te voi aștepta în bucătărie, strigă el după ea, iar apoi se reîntoarse în încăpere, scuturându-și capul și mușcându-și buzele ca să nu cumva să izbucnească în râs.

Uneori, Ariel îl amuza cu jocul ei continuu de doamnă a moșiei. Femeii chiar îi surâdea să lase impresia că ea, una, niciodată nu putea greși. Ea considera că nimeni nu avea o minte mai ascuțită decât a ei, iar educația și stilul ei atingea un nivel mai ridicat decât al bieților muritori.

Max nu era de acord cu auto-evaluarea ei, însă. Avusese șansa să observe că aceasta făcea greșeli în societate. Cu toate acestea, atitudinea ei niciodată nu înceta să îl amuze.

CAPITOLUL OPT

Max nu insistă pentru a obține o confesiune din partea lui Ariel în timpul cinei lor improvizate, ci decise să o lase să mănânce în pace. Știa el că femeia nu avea unde să se ducă prea curând, mai ales că părea încă speriată.

În fond, Bryan era plecat cu soția lui și nu era disponibil să o ajute. Matt și Jay, de asemenea, părăsiseră orașul în dimineața aceea și nu urmau să se întoarcă decât după câteva zile, iar Ariel nu avea pe nimeni altcineva de la care să ceară ajutorul.

Max îl cunoștea pe fratele ei geamăn, Alex, din moment ce se întâlniseră de câteva ori acasă la Bryan. Alex vizitase și sala de antrenament de arte marțiale de vreo două ori și arătase potențial. Cu toate acestea, bărbatul părea să nu aibă voința să ducă ceva până la capăt, dacă se dovedea a fi dificil. Acesta renunțase la antrenament după numai două lecții.

Stând de vorbă cu Alex atunci, Max înțelesese că pentru Alex cel mai mult contau dorințele lui. Nimeni și nimic altceva nu conta.

Max se îndoia că Ariel și-ar fi găsit numele prea sus pe lista aceea de lucruri vitale. Dacă Alex avea altceva planificat, nimic nu l-ar fi determinat să își ajute sora.

Ariel și Alex erau gemeni și la fel de apropiați unul de celălalt precum puteau fi doi oameni la fel de egocentrici. Oricum, dacă Ariel se găsise în situația de a cere ajutorul lui Max, asta însemna că fie Alex nu fusese disponibil, fie nu se obosise să o ajute.

La început, Max încercă o conversație banală, dar răspunsurile scurte ale femeii nu prea invitau la discuții. După câteva încercări, bărbatul renunță și se mulțumi să mănânce în tăcere. Cu toate acestea, ochii lui atenți îi tot cercetau chipul femeii, parcă încercând să ghicească ce îi trecea acesteia prin minte.

După ce au terminat cina, Max curăță masa și puse farfuriile în chiuvetă. Aplecându-se peste contoarul de la bucătărie, se întoarse spre Ariel și o privi preț de câteva momente lungi.

— Hai să mergem în camera de zi și să discutăm despre ce te-a adus aici, propuse el. Ai vrea niște cafea să meargă cu discuția sau ai prefera niște vin?

Ariel ridică o sprânceană și îl privi de parcă își pierduse mințile.

— Scuză-mă? spuse ea pe un ton de sus.

— Mă întrebam doar ce preferi – cafea sau vin. Tu știi mai bine ce te-ar ajuta să îmi relatezi întreaga poveste, sublinie bărbatul. Știi că voi avea nevoie să aflu tot dacă vrei să fiu în stare să te ajut. În afară de aceasta, noi doi nu am petrecut atât de mult timp împreună ca să îți cunosc preferințele, ridică el din umeri.

Max era conștient că, de fapt, cuvintele lui erau menite să o facă pe Ariel să-și amintească că ea întotdeauna făcuse tot ce putea pentru a evita compania lui.

Bărbatul își dădea seama că dovedea o oarecare meschinărie, dar considera că avea dreptul să se comporte astfel. Ariel niciodată nu făcuse efortul de a-l face să se simtă binevenit atunci când dădeau unul peste celălalt în alte locuri.

Ariel își strânse buzele și își încreți nasul. Înțelegea ea foarte bine ce voia Max să spună. Femeia nu arătase niciodată vreun sentiment de prietenie vizavi de el și o știa. Cu toate acestea, întotdeauna avusese motivele ei și nu credea că ar fi fost cazul să se scuze pentru atitudinea ei.

Tânăra femeie nu credea că merita să piardă totul doar pentru a avea o relație de amor cu acel bărbat. Max era unul dintre cei mai atractivi bărbați pe care îi întâlnise vreodată, iar el o atrăgea ca nimeni altcineva. Dar, ea era mai inteligentă decât atât. Învățase ea, și nu într-o manieră prea plăcută, că un bărbat putea fi prezent pentru o clipă și să dispară în clipa următoare.

Mai mult decât atât, Rebecca, străbunica ei, fusese prezentă de cele mai multe ori când Ariel și Max s-au pomenit în același loc. Femeia mai vârstnică nu ascunsese niciodată faptul că nu îl putea suferi pe Max. Rebecca decretase că locul acestuia se găsea pe cele mai joase trepte ale scării evoluției.

Bătrâna femeie nu putea suporta felul în care acesta își purta părul sau tatuajele pe care le afișa. În opinia ei, ambele demonstrau că acesta aparținea clasei de jos, iar ea, una, nu avea nici cea mai mică intenție să interacționeze cu astfel de oameni. Rebecca îl întâlnise pe Max la Bryan de câteva ori și încercase să îl ignore din toate puterile. Desigur, să ureze bun venit cuiva de calibrul lui în sânul familiei Winston nici măcar nu ar fi meritat o secundă de gândire.

Era adevărat că, probabil, Ariel deja renunțase la șansa ei de a găsi iubirea și de a-și atinge fericirea. De asemenea, era posibil ca ea să fi acceptat cu regret faptul că nu-și va atinge niciodată potențialul și obține, astfel, puterile ei de vrăjitoare. Cu toate acestea, tânăra femeie nu renunțase niciodată la speranța că ar putea-o convinge pe Rebecca că ea reprezenta cea mai bună alegere pentru banii din trust.

În fond, marea parte a verilor ei și sora sa deja refuzaseră să se atingă de acei bani, iar, în curând, Rebecca nu va mai avea pe nimeni pentru a-i lăsa toată acea avere.

Oricum, Ariel ar fi fost cea mai bună alegere pentru că deja făcuse planuri pentru acei bani. Cu toate acestea, pentru a reuși, tânăra femeie eliminase dragostea din ecuație.

Max o atrăgea așa cum nici un alt bărbat nu o făcuse. În ciuda acelui fapt, lui Ariel îi plăcea și mai mult ideea de a pune mâna pe banii din trust. Banii nu ar fi mințit-o și nu ar fi înșelat-o. Ea ar fi fost cea care ar fi avut controlul și ar fi putut face ceea ce dorea, nu invers.

— Pământul la Ariel, spuse Max, fluturându-și mâna în fața ochilor ei.

Ariel își ridică privirea spre el, ușor pierdută în gânduri. Femeia avu nevoie de câteva secunde pentru a-și dea seama că uitase complet de prezența lui și începuse să viseze.

— Un vin ar fi bun, spuse femeia iute pentru a abate orice întrebări pe care le-ar fi putut pune bărbatul. Dacă ai niște vin roșu, ar fi nemaipomenit, îi zâmbi ea anemic.

Max îi cercetă chipul cu atenție preț de câteva clipe. Femeia păruse atât de pierdută în gândurile ei încât el ar fi putut jura că Ariel uitase complet de prezența lui.

Nu-i prea plăcea lui nici zâmbetul ei, dar, mai apoi, ridică din umeri și spuse pe un ton ușor:

— Cuvântul tău reprezintă un ordin pentru mine, milady, spuse el, îndepărtându-se cu pași agili.

Ariel își scoase limba în spatele lui. Bărbatul acela avea un adevărat talent de a spune lucruri care ar fi trebuit să sune ca un compliment, dar tonul pe care le spunea le transforma în batjocură. Nu putea suferi acel talent al său defel.

După câteva secunde, vocea bărbatului veni din afara bucătăriei.

— Nu vii și tu, Ariel? Cred că ne-am simți mai confortabil în camera de zi.

Uhh, gemu femeia, dându-și seama că uitase despre propunerea lui de a continua discuția în cealaltă încăpere.

Ariel își încleștă pumnii și cu pași grei o porni spre ușa bucătăriei, furioasă pe sine însăși pentru că se comporta ca o idioată.

CAPITOLUL NOUĂ

Ariel se aşeză pe sofa şi îşi netezi fusta peste coapse. Având senzaţia că se afla sub microscop, simţea nevoia să îşi ocupe mâinile cu ceva. Max o privea cu ochi vultureşti, iar femeia nu-şi putea opri gândul că acesta încerca să surprindă orice greşeală pe care ea ar fi putut-o face.

Cu un surâs ascuns în colţul gurii, Max veni spre Ariel, aducându-i un pahar de vin roşu şi un şerveţel.

Bărbatul nu vedea care ar fi fost scopul acelui şerveţel, dar, cu toate acestea, avea ochi buni şi observase că un şerveţel însoţea întotdeauna un pahar de vin în toate saloanele de lux sau în cocktail-barurile de clasă. Max nu avea nici cea mai mică îndoială că Ariel ar fi vizitat un astfel de stabiliment.

Femeia luă paharul şi şerveţelul din mâna lui, schiţând un zîmbet subţire şi dând din cap. Max încercă să citească lumina verde din ochii ei, dar nu ajunse la nici o concluzie. Femeia îşi ţinea secretele sub lacăt şi rămânea la fel de ambiguă ca întotdeauna.

— Am vrut să-ţi spun că arăţi fantastic cu părul scurt, zise bărbatul, tolănindu-se într-un fotoliu. Arătai bine şi înainte, îşi flutură el mâna în aer, dar acum, arăţi cu adevărat sexi. Bretonul pur şi simplu îţi accentuează ochii verzi şi linia chipului.

— Mulţumesc, răspunse Ariel din vârful buzelor, enervată.

Femeia nu putea fi sigură dacă bărbatul nu cumva râdea de ea.

Nici măcar Ariel nu ştia ce să creadă despre noua ei imagine. Încă nu se obişnuise să aibă părul scurt şi să nu mai simtă greutatea podoabei ei capilare la ceafă.

Mai mult decât atât, cuvintele bărbatului o făceau să nu se simtă în largul ei. În fond, Ariel încercase de multe ori să se descotorosească de

Max în trecut. Părea straniu să accepte vreun compliment ce venea din partea lui.

Pentru a depăși acel moment, femeia își coborî privirea asupra paharului pe care îl ținea în mână și, aducându-l la buze, sorbi lichidul cu gust de fruct.

— Are gust bun, aprecie ea gustul cu o aplecare a capului.

— M-am gândit eu că ți-ar place, se arătă Max de acord și luă și el o gură din paharul său. Deci, ai de gând să îmi spui la ce ar trebui să mă aștept să se întâmple de acum încolo? atacă bărbatul, după câteva clipe, subiectul pe care dorea să îl discute.

Ariel, care tocmai sorbea din vinul rece, mai că se înnecă. Se bâlbâi câteva momente, iar apoi întrebă pe un ton ridicat:

— Ce vrei să spui?

Max își mușcă buza inferioară pentru a nu izbucni în râs. Imediat își dăduse seama ce îi trecuse femeii prin minte, dar avu nevoie de câteva secunde pentru a răspunde fără să își dea de gol amuzamentul.

— M-ai chemat să vin și să te iau de la muncă pentru că aveai probleme cu mașina. Ai făcut unele comentarii despre alarme și cum ar fi capabil cineva să le dezactiveze. Pot să văd că ești îngrijorată din cauza a ceva. Sunt sigur că această poveste este legată de ceva mai mult decat o mașină defectă, explică Max pragmatic, pentru ca femeia să își dea seama care erau intențiile lui pe moment.

— Ah, asta, oftă Ariel cu ușurare. Înțeleg acum, râse ea, iar Max citi stinghereala pe chipul ei.

— Da, asta, sublinie Max cu amuzament. Despre ce credeai că vorbesc? își aplecă el capul ușor spre dreapta.

Bărbatul considera că-și câștigase dreptul să facă puțin haz de Ariel după tot timpul în care ea îl tratase de parcă ar fi fost un bandit de ultima speță.

Ariel își flutură mâna, negăsindu-și cuvintele. Femeia nu avea intenția să îl flateze revelând ce îi trecuse prin minte atunci când Max întrebase la ce putea să se aștepte de la ea. Bărbatul nu avea nevoie să știe nimic despre sentimentele ei sau atracţia ei idioată faţă de el. Nu ar fi lăsat-o niciodată să uite aşa ceva.

— Nimic, reuşi Ariel să spună. Nu m-am gândit la absolut nimic, clarifică femeia, iar, mai apoi, ridică paharul la buze pentru a mai câştiga câteva secunde.

— Bine atunci, ridică Max din umeri. Spune-mi despre maşină şi despre tot restul atunci când eşti gata. Oricum, nu e ca şi cum ar trebui să mergem în altă parte în seara aceasta, sublinie el pe un ton răutăcios.

— Nu e cazul să devii maliţios acum, i-o întoarse Ariel, îndepărtându-şi bretonul de pe frunte. Am destule pe cap de care să mă îngrijorez şi fără maliţia ta, îi explică ea.

Max îşi arcui sprânceana stângă şi o privi printre gene. Femeia nu se putu împiedica să nu observe desimea şi lungimea acelor gene.

Dându-şi seama că îl admira pe bărbat din nou, Ariel îşi drese glasul şi continuă:

— Ei bine, s-ar putea să crezi că citesc prea multe în ceea ce s-a întâmplat. Voi înţelege dacă vei ezita să mă mai ajuţi după ce îţi voi spune totul.

— Poate că mai bine îmi spui tu întâi ce s-a întâmplat, iar mai apoi îţi voi spune eu ce cred, îi răspunse Max, fluturându-şi mîna în semn de invitaţie pentru ea să-şi înceapa povestea.

Ariel se foi un pic, încercând să găsească o poziţie mai confortabilă pe sofa. Mai apoi, se aplecă în faţă şi îşi puse paharul pe masă. Femeia îşi încleştă mâinile una de cealaltă şi îşi umezi buzele, iar, după aceea, începu să vorbească, aţintindu-şi privirea pe degetele sale înlănţuite.

— Acum câteva luni, am început să găsesc flori pe treptele din faţa uşii, spuse Ariel cu o uşoară ezitare în voce. Îmi plăceau enorm trandafirii roşii şi albi, ştii, îşi îndreptă ea pentru câteva clipe privirea spre Max, pentru ca mai apoi să şi-o întoarcă asupra mâinilor sale. Nu mai pot să îi suport acum, îşi scutură ea capul cu supărare. Desigur, de fiecare dată, găseam şi un bilet printre flori. Scurt, imprimat pe o bucată de hârtie, spunând *De la admiratorul tău secret,* explică femeia, iar degetele îi tremurară.

Max simțea nevoia să se așeze lângă ea și să o ia în brațe, dar rezistă. Nu credea că femeia ar fi apreciat vreun gest de consolare din partea lui, așa că, în schimb, decise să mai soarbă puțin din vinul său.

— Continuă, o invită bărbatul pe un ton liniștit atunci când Ariel se opri din vorbit.

Femeia își ridică ochii la el pentru o clipă, iar mai apoi și-i întoarse înapoi spre poala sa. Cu o mișcare scurtă a capului, continuă:

— La început, părea amuzant. Știi tu, să primesc flori astfel. Nu m-am gândit prea mult la chestia asta, ridică ea din umeri. Mai apoi, am început să găsesc mesage în mesageria vocală de acasă și am început să mă speriu.

— Ce spuneau mesajele? se interesă Max, cu ochii fixați pe creștetul capului ei.

Femeia continua să privească în jos, iar el nu îi putea vedea expresia chipului sau ochii.

Ariel își întoarse privirea spre el pentru o secundă, iar mai apoi își încleștă mâinile și mai tare. Știa ea că problemele vor începe acum. Acesta fusese, de fapt, momentul din povestirea ei când polițiștii s-au retras, insinuând că făcea din țânțar armăsar.

— La început, făceau diverse observații despre cum arăt, ridică ea din umeri. Mai apoi, au început să apară scurte observații despre drumurile mele...

— Și...? își flutură Max mâna încurajator.

— Ei bine, poate că nu pare prea mult la prima vedere... Dar, totuși, simțeam că persoana care îmi lăsa acele mesaje mă urmărea. Îmi urmărea fiecare mișcare... știi tu, explică ea pe un ton defenisv, așteptându-se ca Max să râdă de ea pentru prostia ei.

— S-ar putea să nu pară mult, dar este clar că persoana te urmărea dacă știa unde te duceai și când te întorceai acasă, spuse Max pragmatic, iar capul femeii sări în sus din cauza surprizei.

Ariel nu se așteptase ca bărbatul să o creadă. Niciodată nu se risipise prea multă amiciție între ei doi. Max avea toate motivele să profite de acea situație și să facă haz de ea până ce ea ar fi părăsit casa în fugă.

Max pretinse că nu i-a observat reacția și continuă:

— Vorbim despre un bărbat sau despre o femeie?

— Presupun că despre un bărbat, îi răspunse Ariel după o scurtă ezitare. Vreau să spun că sună ca o voce mealică, dar am senzația că este bărbat.

— Bine atunci. Ai chemat poliția? o întrebă Max.

— Da, într-adevăr, am chemat poliția, dădu Ariel din cap. Le-am spus despre flori și mesaje.

— Aceasta înseamnă că investighează, trase Max concluzia.

— Nu prea, își scutură femeia capul, iar bretonul îi flutură, atrăgând ochii bărbatului pentru o clipă.

— Ce vrei să spui? întrebă el după aceea, o cută apărând între sprâncenele sale.

— Au spus că exagerez și că nu este nici un motiv să investigheze. Mesajele nu păreau să fie amenințătoare, iar, în fond, oricine poate lăsa flori pe scările cuiva, ridică ea din umeri.

— Îți bați joc de mine? explodă bărbatul. Vrei să-mi spui că nici măcar nu s-au obosit să investigheze?

— Da, așa e, aprobă Ariel cu o mișcare a capului, privindu-l pe bărbat cu curiozitate.

Izbucnirea lui îi spunea multe. Întotdeauna simțise că exista o pasiune puternică în Max, deși bărbatul niciodată nu o lăsase să-i ghideze acțiunile. El prefera abordarea calmă și rațională, iar atitudinea lui de acum părea ieșită din comun.

— Chiar și când am subliniat faptul că mesajele deveniseră prea... pline de informații, știi tu, ei tot nu au considerat că era necesar să facă vreo investigație. Au spus că până ce omul nu va face ceva, ei nu puteau să an,cheteze, își flutură Ariel mâna, scuturându-și capul. Vreau să spun, știi tu, este prostește să aștepți ca ceva să se întâmple. Cel puțin, asta cred eu. Nu m-ar consola prea tare că au anchetat după ce am pățit ceva, sublinie tânăra femeie, punându-și mâna pe piept.

— Evident că nu te-ar încălzi cu nimic, se arătă Max de acord cu ea. Asta depășește orice prostie, își scutură bărbatul capul. M-aș fi așteptat la ceva mai mult de la poliția noastră, remarcă el. Nu ai putut găsi un alt ofițer de poliție să cerceteze această poveste?

— Nu prea, își scutură Ariel capul. Când ceva se întâmplă, trebuie să mergi la secția de poliție din cartier. Nu e ca și cum au o mulțime de ofițeri care se ocupă de așa ceva, ridică ea din umeri, deschizându-și brațele și ridicându-și palmele.

— Da, asta pot să înțeleg, dădu Max din cap cu dezamăgire. Cred că aș vrea să beau altceva, spuse el, aruncând o privire paharului său cu vin. Simt nevoia de ceva cu puțin mai multă putere, sublinie bărbatul. Tu ce părere ai?

— Pentru mine este bun acesta, își luă Ariel paharul de pe măsuța de cafea și își umezi buzele în lichid.

— Bine atunci, își plesni Max mâinile peste coapse și apoi se ridică pentru a-și turna un pahar de whiskey.

Cu un oftat, femeia îi urmări mersul suplu. De aceea încerca ea mereu să evite să se afle în apropierea lui. Era ceva în acel bărbat care îi supraîncălzea trupul. Ea nu știa dacă felul în care era clădit sau felul în care se mișca era de vină pentru acel lucru, dar ea, una, abia reușea să-și țină mâinile departe de el.

Max se întoarse și se așeză în același fotoliu. Luă o gură mare din băutura sa și apoi icni.

— Chestia asta e bună, dar foarte tare, îi explică omul lui Ariel. În fine, hai să continuăm. Ai spus că mesajele arătau că individul știa prea multe. Ce vrei să spui cu asta? o întrebă el.

— A început să menționeze oamenii pe care îi întâlneam de-a lungul zilei sau ce purtam. Știa multe lucruri despre felul cum îmi petreceam zilele. De exemplu, a știut despre nunta de ieri. Știi tu, Lily și

Mark, menționă ea, deși nu era convinsă că el știa despre mariaj. Nu îl văzuse la nuntă cu o zi în urmă.

— Înțeleg, se încruntă Max.

— După câteva mesaje îngrijorătoare ieri și azi dimineață, am decis sa îmi anulez contractul pentru postul fix, explică Ariel. Întotdeauna își lăsa mesajele acolo.

— Te-ai gândit bine, aprobă Max.

— Nu prea, oftă Ariel.

— Ce vrei să spui? o privi omul cu confuzie.

— Păi, am anulat postul fix într-adevăr. Imediat după aceea, individul a început să mă sune pe telefonul mobil, își aruncă Ariel mâinile în aer, exasperată. Nici măcar nu știam că are numărul meu de mobil, strigă ea cu frustrare.

— Aceasta e o problemă, într-adevăr, se arătă Max de acord, îngrijorat despre substratul acelei descoperiri. Deci te-a sunat pe telefonul mobil azi?

— Da, de două ori. O dată pentru a-mi ține o tiradă legată de ținuta mea pentru birou, spuse Ariel și își flutură mâna.

— Ținuta ta? o privi Max cu confuzie.

— Da, confirmă Ariel. Aparent, m-am îmbrăcat ca o prostituată. A spus că nu ar trebui să-mi arăt bunurile altcuiva decât lui, se strâmbă ea, dar Max percepu teama din ochii ei.

Bărbatul nu avea nici o îndoială că Ariel avea motive să se teamă. Urmăritorului ei nu părea să îi fie teamă să spună ceea ce gândea și arăta deja semne cum că situația ar escala.

— Înțeleg, spuse Max. Pot să-mi dau seama de ce te-ar supăra așa ceva. Este mai mult decât sinistru, să fiu sincer. Iar a doua oară?

— Păi, a sunat, dar nu i-am răspuns. Am refuzat să îmi verific mesageria vocală, mărturisi femeia. Apoi am găsit acel bilet sub ștergătorul de parbriz și m-a speriat de-a binelea, admise ea cu o strâmbătură.

— Ai păstrat biletul? se ridică Max rapid din fotoliul său și se aplecă deasupra ei.

Instinctiv, Ariel se trase uşor în spate, iar bărbatul îşi ridică sprânceana stângă.

— Nu-mi spune că te temi de mine, îşi aplecă el capul interogativ.

Femeia îşi scutură capul cu vehemenţă.

— Nu, desigur că nu. Pur şi simplu, mişcarea ta m-a surprins, îi explică ea reacţia sa.

— Înţeleg, spuse bărbatul. Ei bine, mai ai acel bilet?

— Da, este în geanta mea, se încruntă Ariel la el. M-am gândit că e mai bine să-l păstrez pentru poliţie dacă vor vrea să îşi arunce ochii peste el, adăugă ea cu amărăciune în voce. Mă îndoiesc că vor vrea, dar...

— Pot să-mi dau seama de ce, o bătu Max pe umăr. Deci, unde e biletul? întrebă el.

— În geanta mea, pe care am lăsat-o în bucătărie, îi răspunse ea şi încercă să se ridice.

— Nu te obosi, o opri bărbatul. Îţi aduc eu geanta, se întoarse el şi o porni spre bucătărie.

Ochii lui Ariel se lărgiră şi femeia îl urmări cu privirea. Bărbatul nu păruse atât de sigur pe sine înainte, iar, brusc, femeia îl vedea într-o lumină nouă.

— Cred că ai mai primit un mesaj, menţionă Max când se întoarse. Telefonul tău suna când am ajuns în bucătărie, dar s-a oprit acum. Nu am considerat că ţi-ar fi convenit să răspund la apel, îi înmână el geanta lui Ariel.

— Mulţumesc, dădu Ariel din cap. A fost foarte frumos din partea ta, observă ea.

— Nu sântem noi doi extrem de politicoşi în seara aceasta? observă Max cu batjocură în voce.

Ariel îl fulgeră cu o privire dură, dar nu îi răspunse. Îşi scoate telefonul din geantă şi verifică apelurile pierdute, încruntându-se.

— Da, deja a sunat de două ori, îl informă ea pe Max. De fiecare dată, a lăsat un mesaj vocal, oftă femeia profund.

— Îmi pare rău, puiule, îi frecă bărbatul umărul. Cred că ar fi bine să îți pui căsuța vocală pe difuzor. Aș vrea să aud ce spune.

— Dar eu nu aș vrea. Adică nu vreau să aud ce spune omul acela, replică Ariel pe un ton iritat.

Max rânji și își scutură capul.

— Înțeleg de ce. Dar cu toate acestea, trebuie să știm ce îi trece prin minte. Dacă vrei, pot asculta doar eu, își întinse el mâna spre ea, cerându-i să îi dea telefonul.

— Dacă insiști, se strâmbă ea și îi înmână telefonul.

Max accesă căsuța vocală.

— Am nevoie de codul tău, își ridică el privirea spre ea.

— Oh, da, am uitat de chestia asta, ridică Ariel din umeri și îi dădu mai apoi codul.

Max ascultă mesajele, iar chipul i se întunecă. Ochii săi negri de culoarea cafelei se îngustară, iar lumina metalică a pupilelor sale mai că îi fură femeii răsuflarea.

— Este de rău? îl întrebă ea pe un voce mică.

— Nu e de bine, își scutură bărbatul capul. Oricum, nu-ți fă griji. Nu-l voi lăsa să ajungă la tine. Vom găsi o soluție să-l ținem departe de tine pentru totdeauna, îi promise el pe un ton înnegurat.

— Cum? se interesă Ariel, iar vocea ei îi trădă lipsa de încredere.

În fond, poliția nu o ajutase deloc. Nu se aștepta ea ca Max să fie în stare să facă mai mult decât ei.

— Nu îți fă griji, totul este sub control, o bătu Max pe umăr din nou. Unde este biletul pe care l-ai găsit sub ștergător? o întrebă el.

Ariel căută prin geantă și scoase biletul mototolit. Max îl citi și nu-i plăcu defel ce scria pe el.

— În regulă, voi fi cinstit cu tine ca să știi la ce să te aștepți, o privi Max drept în ochi.

Ariel îl aprobă cu o mișcare din cap, dar inima i se chircise în piept. Nu se aștepta ca omul să-i dea vești bune.

— Am pus alarmele peste tot, spuse Max, fluturându-şi mâna pentru a cuprinde toate uşile şi ferestrele. De asemenea, am armat-o şi pe cea de rezervă. Acum, înţeleg că individul ăsta ştie cam ce să facă în legătură cu alarmele şi mă aştept să fie capabil să dezarmeze primul sistem. Dacă o face, va arma al doilea sistem. Cu toate acestea, dacă individul este bun şi îşi ştie meseria, s-ar putea să dezarmeze şi sistemul de rezervă, îi explică Max, iar după aceea observă că toată culoarea de pe chipul femeii dispăruse.

— Vrei să spui că s-ar putea să pătrundă înăuntru? îl întrebă Ariel pe un ton ascuţit, iar mâna îi zbură la piept.

— Da, s-ar putea, îi răspunse Max pe un ton sumbru. Trebuie să fi pregătită pentru aşa ceva, aşa că nu pot să te mint doar pentru a te ajuta să-ţi păstrezi calmul. Înţelegi ce vreau să spun? insistă bărbatul, privind-o în ochi cu insistenţă.

Ariel înghiţi cu greutate şi dădu din cap afirmativ.

— Bun atunci, aprobă Max. Va fi necesar să nu îi oferim nici un fel de indiciu privind locul unde vei dormi. Din ceea ce spune în mesaje, înţeleg că urmăritorul tău deja a supravegheat casa. Individul ştie că am petrecut timp în bucătărie. De asemenea, a menţionat că ne-a văzut mutându-ne în camera de zi.

Ariel îşi aruncă privirea speriată în jurul încăperii şi începu să îşi frece mâinile cu teamă.

— Ariel, uită-te la mine, îi porunci Max cu insistenţă, iar ochii femeii se întoarseră brusc spre el.

— Da, urmăritorul tău a supravegheat casa. Acum ştie în ce încăperi am fost până acum. Aceasta nu înseamnă că nu putem face ceva pentru a-l descuraja. Putem să îl oprim. Mai întâi, voi trage draperiile aici, se îndreptă Max cu paşi mari spre uşile franceze largi şi trase draperiile de un roşu închis. Când ne ducem sus, eu voi trece prin toate camerele mai întâi şi voi trage toate draperiile. Astfel, el nu va ştii în care cameră vei dormi, îi explică el, iar apoi îi cercetă din nou chipul cu atenţie. Sper că îţi dai seama că va trebui să dormi aici în seara aceasta,

Ariel. Am o șansă de a te proteja aici, dar dacă vrei să mergi acasă singură, nu pot să te ajut prea mult, sublinie Max.

— Știu asta, admise femeia în silă.

Nu îi prea surâdea ei ideea de a sta cu el de-a lungul nopții, dar nu avea altă soluție.

— E bine atunci, dădu Max din cap. Vei dormi singură într-o cameră, dar vom lua câteva măsuri de precauție mai înainte, o asigură el.

CAPITOLUL ZECE

Ariel nu putea adormi. Zăcea în pat și asculta zgomotele nopții. Tinerei femei îi era mereu greu să adoarmă într-o cameră de hotel sau când vizita prieteni pentru prima dată. Acum, în afară de aceasta, frica o ținea și ea încordată.

Tânăra femeie nu știa ce să facă. Ea credea că Max va încerca să o țină în siguranță. Bărbatul părea hotărât să o facă, dar, cu toate acestea, acțiunile lui rezolvau problema doar pentru noaptea aceea. Ariel nu se putea muta cu el, iar o dată înapoi la ea acasă, nu știa ce ar fi putut face pentru a se proteja.

Se părea că fratelui ei nu îi păsa ce i se întâmpla, lucru la care se cam așteptase într-un fel. Nu împărtășeau ei aceeași înfățișare, dar împărtășeau aceeași perspectivă asupra vieții și asupra oamenilor din jur. Ariel nu prea ar fi putut să îl învinovățească.

Ceilalți bărbați în care se putea încrede erau departe și nu se întorceau decât după câteva zile. Cu toate acestea, Ariel știa că nu putea să-și permită să stea cu Max până atunci.

Decisă să își facă străbunica fericită, Ariel nu-și putea permite să se implice într-o relație cu Max. Să-l inducă pe bărbat în eroare ar fi fost o soluție, dar tânăra femeie nu credea că ar fi putut-o face fără să se simtă vinovată. În trecut, Ariel se găsise în poziția în care l-ar fi pus pe Max și știa că era oribil. Femeia nu putea să îi facă așa ceva altei ființe umane fără să simtă remușcări.

Mai mult decât atât, Ariel îl plăcea pe Max în felul ei. Chiar simțea o atracție puternică pentru el. Femeia avea prea puține îndoieli că nu ar fi cedat în fața atracției lui dacă ar fi locuit cu Max, chiar și numai pentru câteva zile.

Ariel nu mai fusese într-o relație de mai bine de doi ani. Încercase de câteva ori după ce se despărțise de Eric, dar fiecare relație se încheiase cu o dezamăgire. Acum, tânăra femeie își dorea atenția și atingerea umană și se temea că Max se va dovedi prea dificil de dat deoparte dacă s-ar fi implicat într-o legătură cu el.

Furioasă pe ea însăși, dar și pe circumstanțe, femeia lovi perna cu pumnul de exasperare. După aceea își înfundă fața în ea, iar mirosul proaspăt al feței de pernă îi gâdilă nasul.

Se simțea bine în patul pe care i-l oferise Max. Camera nu avea un miros stătut, iar Ariel se întrebă dacă Max avea obiceiul de a aerisi camerele în fiecare zi. Nu se putea să le folosească pe toate tot timpul.

Mărimea locului o uluise pe tânăra femeie. Max nu părea genul care ar fi avut o casă cu patru dormitoare. Ariel l-ar fi văzut undeva într-o mansardă sau într-o casă mobilă, mereu gata de plecare.

Înfățișarea lui întunecată îi amintea de țiganii nomazi, dar văzându-l în acel habitat, unele dintre concepțiile ei greșite îi cam dispăruseră. Lui Ariel îi plăcea să aibă dreptate tot timpul. Se părea că nu prea avea noroc în acea privință când venea vorba de Max. Nici una din impresiile ei timpurii nu părea să reprezinte realitatea.

Tânăra femeie își scutură capul, extenuată. Ultimele câteva zile fuseseră un roller coaster al emoțiilor pentru ea, cu nunta lui Lily și mesajele urmăritorului ei. Seara petrecută cu Max avusese și ea un efect asupra ei.

Ariel luă perna în brațe și se cufundă și mai mult sub pilotă, în ciuda căldurii din încăpere.

Max îi dăduse unul dintre dormitoarele din partea din spate a casei. Zgomotele străzii rar se insinuau în acea încăpere. Păreau să vină de departe și nu o deranjau pe Ariel deloc.

Confortul ce o înconjura îi puse un zâmbet pe buze. Ideea că era într-adevăr protejată se dovedi ultimul gând al femeii înainte să se predea somnului. Extenuată, Ariel alunecă în somn cu un oftat ușor.

Nici un fel de lumină nu pătrundea prin draperiile grele ce acoperau ferestrele. În depărtare un raton dărâmă un cazan de gunoi cu fundul în sus. Cu toate acestea, doar un vag ecou al scandalului produs ajunse la urechile femeii. Ariel se întoarse pe partea cealaltă cu un oftat ușor și se încovrigă sub pilotă.

Tânăra femeie visă alei albe într-un parc și veverițe curioase cocoțate pe ramuri fără frunze. Un braț puternic o susținea, iar când își ridică ochii, privirea i se cufundă în întunecimea ochilor lui Max.

Un zgomot puternic în hol, urmat de un strigăt de durere, o determinară pe Ariel să se trezească cu o tresărire. Femeia se ridică în șezut în pat, zguduită până la măduva oaselor. Își apăsă mâna peste gură pentru a înăbuși orice sunet ce ar fi putut zbura de pe buzele ei.

Max o sfătuise pe Ariel să se ascundă în dressing dacă s-ar fi întâmplat ceva. Cu toate acestea, femeia uită complet de sfatul său și rămase nemișcată, înghețată, în mijlocul patului.

CAPITOLUL UNSPREZECE

Cu nervii întinși la maxim, Ariel își încleștă pumnii peste gură. Câteva secunde mai târziu, adrenalina îi invadă venele la sunetele unei lupte ce avea loc chiar în dreptul ușii ei. Inima îi pompa mai iute în piept la fiecare icnet ce răsuna dintre pereții coridorului.

Lacrimi îi ardeau în ochi, dar Ariel știa că nu avea voie să le lase să cadă. Femeia se temea că ar fi început să hohotească fără oprire, iar cei din coridor ar fi auzit-o.

Brusc, trupul cuiva lovi peretele de lângă ușa de la dormitorul ei, iar un țipăt îi izbucni dintre buze. Ariel își mușcă buza inferioară pentru a se opri din strigat. Un urlet inuman precedă o altă pocnitură, iar femeia își imagină că cineva căzuse la podea. Așteptă puțin mai mult pentru a vedea ce urma să se întâmple, dar nimic nu deranja tăcerea care se lăsase.

Ariel intră în panică neștiind ce ar fi trebuit să facă. Nu știa dacă Max era cel căzut la podea și se îndoia că ar fi fost în siguranță în dressing dacă celălalt individ ar fi început să o caute.

Femeia tremura din toate încheieturile, dar decise să își ia inima în dinți și să se dea jos din pat. O porni spre ușă, dar imediat își reaminti de lampa de pe noptieră. Ariel o scoase din priză și, pe tăcute, înfășură cordonul acesteia în jurul mâinii ei.

Din nou se îndreptă spre ușă în vârful degetelor de la picioare. Acolo, se aplecă ușor în față și ascultă. O respirație greoaie se auzea dinspre coridor, iar femeia începu să-și ronțăie buzele, nefiind sigură ce ar fi fost mai bine să facă.

Se gândi la situație preț de câteva secunde, iar apoi ajunse la concluzia că oricum era în încurcătură. Cel puțin, dacă ea ar fi atacat prima, acel lucru ar fi ajutat-o să câștige câteva secunde.

Cu o mişcare bruscă, Ariel deshchise uşa şi se lansă în coridor. Cu un strigăt demn de un luptător, femeia ridică lampa cu gândul de a o zdrobi de capul atacatorului. Un braţ puternic îi opri mişcarea.

— Încerci să îmi faci creierii chiseliţă? o întrebă Max pe un ton supărat. Individul ăla deja a reuşit să facă o treabă bună în direcţia asta, o informă el. Nu mai e necesar să-ţi aduci şi tu contribuţia.

— Oh, Dumnezeule, eşti în regulă, exclamă Ariel, iar mai apoi îşi lăsă, în sfârşit, lacrimile să cadă, fericită că Max nu putea să i le vadă din cauza întunericului din coridor.

— Mai mult sau mai puţin, mormăi Max, iar mai apoi se îndepărtă de ea, gândindu-se să ajungă la întrerupător şi să lumineze holul. Am avut impresia că ţi-am spus să te ascunzi în dressing, observă bărbatul, aprinzând lumina.

— Da, mi-ai spus, îi răspunse Ariel pe o voce pierită. Dar nu ştiam cine a câştigat lupta, aşa că am preferat să văd cu ochii mei şi să încerc să mă protejez, în funcţie de situaţie, continuă ea, ridicând din umeri.

— Cam atât despre încrederea ta în mine, observă Max cu sarcasm, întorcându-se spre ea. Da, este adevărat. S-ar putea să nu fi fost eu cel ce a rămas în picioare, dar cel puţin am încercat, îşi flutură el mâna dreaptă.

Atunci Ariel îşi dădu seama că braţul lui stâng părea să fie ţeapăn şi observă şi urma de sânge de pe pieptul său şi de pe podea.

— Oh, Dumnezeule, eşti rănit, strigă ea din toţi rărunchii.

Cu o grimasă, Max îşi acoperi urechea dreaptă cu palma şi îşi închise ochii strâns.

— Bine, înţeleg că vrei să-i termini individului treaba, observă el sec.

— Despre ce naiba vorbeşti? îl întrebă Ariel, îndreptându-se cu paşi iuţi spre el. Eşti rănit rău de tot, idiotule.

— Aş putea trăi şi fără să fiu insultat, totuşi, i-o întoarse Max. Voi fi în regulă, îşi flutură el, din nou, mâna sănătoasă, iar apoi se duse să se aplece peste bărbatul de pe podea. Cred că ar trebui să chemăm poliţia.

Tipul ăsta şi-ar putea reveni în simţiri curând, iar eu, unul, nu prea mă simt capabil să încep să mă lupt cu el din nou, spuse bărbatul, aruncându-i o privire lui Ariel.

— Mă duc să îmi iau telefonul şi să sun, îl aprobă femeia cu un semn al capului şi se întoarse grăbită în dormitor. Tu păzeşte-l, aruncă ea peste umăr.

— Da, mormăi Max. De parcă nu aş fi ştiut că ar trebui să fac asta, îşi strânse el buzele.

Ariel se întoarse cu telefonul în mână după câteva secunde.

— Ai sunat deja? îşi ridică Max ochii spre ea.

— Nu, îi răspunse ea. Nu ştiu adresa.

— Ah, asta e adevărat, dădu Max din cap. Tu sună, iar eu îţi voi da adresa când ţi-or cere-o, o sfătui el, întorcându-şi ochii spre omul de la picioarele lui.

Ariel sună, iar mai apoi se lăsă să alunece în jos de-a lungul peretului. Picioarele nu o mai suţineau.

— A fost o zi lungă, nebunească, murmură ea.

— Sunt de acord cu tine, îi răspunse Max, privind-o cu coada ochiului. Dar, cel puţin, ai scăpat de urmăritorul tău, arătă el spre omul care începuse să dea semne că-şi revenea în simţiri.

Max îl pocni pe bărbat drept în tâmplă cu o mişcare banală, fără a trăda nici un fel de grabă, iar omul gemu scurt şi se opri din foială.

Ariel îşi muşcă buza inferioară, iar mai apoi îl întrebă:

— Chiar era necesar?

— Eu aşa cred, îşi ridică Max un umăr. Nu mai am prea multă putere în mine ca să mă mai lupt cu el, recunoscu bărbatul. Nu ştiu dacă îl mai pot opri dacă îşi revine în simţiri.

După o scurtă ezitare, Ariel dădu din cap, în semn că înţelegea. În fond, cuvintele lui făceau sens într-un fel. Şi oricum, femeia nu voia să fie nevoită să îi facă faţă atacatorului de una singură. Dacă Max nu ar mai fi putut să se lupte, ea nu ar mai fi avut pe nimeni să o ajute.

CAPITOLUL DOISPREZECE

Polițiștii veniră în mai puțin de cinci minute și aduseră și o ambulanță cu ei. Ariel le spusese despre lupta dintre cei doi bărbați atunci când îi sunase. Femeia, de asemenea, menționase că existau răniți.

— Deci, cu toate alarmele acelea pe care le-ai instalat, și omul tot a pătruns în casă, observă unul dintre ofițeri, în timp ce alți doi îi puseseră cătușele intrusului și îl scoseseră afară la mașina de poliție.

Paramedicii deja îl verificaseră pe atacator și îl declaraseră suficient de sănătos pentru a fi dus la secția de poliție. În afară de câteva vânătăi, un ochi umflat și o buză spartă, individul nu era rănit în mod serios.

Acum unul dintre ei curăța o tăietură lungă și profundă de pe brațul lui Max. Omul deja refuzase să se ducă la spital. El nu considera că ar fi fost extrem de necesar ca rana sa să fie tratată acolo.

— Da, într-adevăr, dădu Max din cap. Și clar își cunoaște meseria, observă el. Dacă nu aș fi avut sistemul de securitate cu laser, care este operat separat de celelalte două, probabil că individul ar fi reușit să facă ceea ce-și propusese.

— Este sistemul cu laser silențios? se interesă ofițerul.

— Da, este, îi răspunse Max. Alarma este tăcută și sună direct într-un dispozitiv de pe noptiera mea, explică el.

— De ce atât de multe sisteme de alarmă? îl întrebă celălalt ofițer.

Max ridică din umeri și spuse:

— Este specialitatea mea.

— Interesant, observă primul ofiter. Și cu ce vă ocupați?

— Ah, nu vorbesc despre ce fac acum, își flutură Max mâna dreaptă, aruncând o privire furișă spre paramedicul care studia tăietura de pe brațul său. Este ceva în neregulă? îl întrebă el pe expertul paramedical.

— Aveţi nevoie de suturi, domnule, îi replică omul. Este prea adâncă tăietura, după părerea mea.

— Pune doar nişte bandaj peste ea, spuse Max. Nu sunt necesare suturile, îşi exprimă el opinia.

— Dar, domnule...

— Nu pot merge la spital chiar acum, îl întrerupse Max pe un ton dur. Trebuie să stau aici, adăugă el, iar ochii i se îndreptară spre Ariel.

Femeia îşi tot încleşta mâinile, încercând să îşi controleze agitaţia. Verdele ochilor săi lumina paloarea chipului ei, iar Ariel îşi ronţăia buza cu un aer absent. Părea tensionată şi copleşită din cauza a tot ceea ce se întâmplase în acea seară.

Auzind cuvintele bărbatului, tânăra femeie îşi îndreptă ochii spre el. Acum observă ea că expertul medical se certa cu Max în legătură cu rana lui şi înţelese că trebuia să intervină.

— Voi merge cu tine, interveni Ariel, iar Max o privi cu curiozitate. Ai nevoie de suturi, spuse ea pe un ton mai puternic. Pari să eziţi să mă laşi singură aici, aşa că voi merge cu tine, repetă femeia, chiar dacă gândul de a pune piciorul într-un spital o îngrozea. Întotdeauna evitase să viziteze pe cineva acolo.

Cu toate acestea, îi era datoare bărbatului pentru că o protejase în noaptea aceea. Dacă ar fi fost singură în casă, numai Dumnezeu ştia ce i s-ar fi putut întâmpla.

— Voi supravieţui şi fără să merg la spital, Ariel, îi răspunse Max pe un ton sec.

Bărbatul deja observase că ideea de a merge la spital îi făcea rău femeii. Ştia el că uneori era dificil să depăşeşti anumite fobii, indiferent de cât de idioate păreau acestea.

— Dar acum, nu ai nevoie doar să supravieţuieşti, i-o întoarse femeia pe un ton răutăcios. Am spus că voi merge cu tine şi voi merge, îi aruncă ea o privire nimicitoare.

Bărbatul ridică din umeri, iar mai apoi o aprobă cu o clătinare a capului.

— Deci mergem la spital, îi spuse Max paramedicului. După ce terminăm cu poliția aici, arătă el spre ofițerii de poliție care așteptau ca omul să se hotărască.

— Vom termina imediat, îl asigură unul dintre ofițeri. Îl cunoști pe intrus? mai întrebă el.

— Nu, nu l-am văzut în viața mea, își scutură Max capul. Oricum, acesta nu a venit aici din cauza mea, explică el.

— Dar atunci de ce? se interesă ofițerul confuz, privindu-l uluit.

— Se pare că prietena mea, Ariel, a fost urmărită de ceva vreme, spuse Max, în același timp, fluturându-și mâna spre tânăra femeie.

— Ai discutat cu poliția despre acest urmăritor? se interesă al doilea ofițer de poliție, întorcându-se spre femeie.

— Am încercat, îi răspunse ea pe un ton de sus.

— Încercat? își ridică celalalt ofițer sprâncenele, surprins de cuvintele ei.

— Da, am încercat, repetă Ariel, accentuând fiecare cuvânt. Mi s-a spus că exagerez și poliția nu putea face nimic pentru mine.

— Iar eu aș vrea să știu cum de au putut ofițerii de poliție să-i spună așa ceva unei femei. Deci, ea vine la voi, plângându-se că cineva o urmărește. Vă arată dovezile, iar voi pur și simplu o trimiteți la plimbare, își înclină Max capul, privindu-i pe ofițeri cu ochii îngustați.

În acel moment, lui Ariel i se păru că are un pirat în fața ochilor. Înfățișarea lui întunecată, precum și ochii săi nergi incandescenți, îi provocară dureri în piept. Max arăta prea bine și acel lucru nu era prea bun pentru ea.

— Îmi cer scuze, domnișoară, se grăbi unul dintre ofițeri să spună, roșu la față de jenă. Îmi cer scuze în numele colegilor mei și vom cerceta această problemă. Ați putea să-mi dați detaliile a tot ceea ce le-ati spus, vă rog? Va trebui să le trec în raport și pentru a-l procesa pe omul pe care l-am arestat.

Ariel îl aprobă cu o mișcare a capului și imediat le dădu toate detaliile pe care și le amintea. Tânăra femeie le înmână și nota pe care o găsise sub ștergătorul de parbriz mai devreme în ziua aceea. De asemenea, le oferi posibilitatea de a folosi căsuța ei vocală pentru a asculta unele dintre ultimele mesaje ale intrusului.

— Am terminat acum aici? se interesă ea după aceea. Va trebui să mergem la spital, sublinie ea, aruncându-i o privire lui Max.

— Da, am terminat, o aprobă ofițerul cu o mișcare a capului, iar apoi își vârî carnetul și pixul în buzunar. Vom ține legătura. Oricum, nu trebuie să vă mai faceți griji, domnișoară. Omul acela nu se va mai apropia de dumneavoastră, o asigură el pe Ariel.

Deși știa că, de fapt, Max era cel care făcuse posibil ca ea să se găsească în siguranță din nou, tânăra femeie îi mulțumi grăbită ofițerului de poliție, iar apoi se întoarse spre Max.

— Vrei să mergi cu salvarea sau vrei ca să conduc eu mașina ta? îl întrebă Ariel.

Max o privi pe Ariel, iar mai apoi își întoarse ochii spre paramedici, cerându-le opinia.

Unul dintre ei interveni.

— Mai bine mergeți la spital cu ambulanța pentru că în acel caz, doctorul vă va vedea imediat. Nu va trebui să mai treceți prin triaj în detaliu din cauză că deja am făcut chestia asta aici. Prietena dumneavoastră vă poate urma în mașină și vi se poate alătura acolo.

Max se gândi să refuze, dar Ariel își puse mâna pe brațul lui.

— Du-te cu ei, Max. Eu vă voi urma în mașina ta. Spune-mi doar unde ai pus cheile, îi ceru ea.

Bărbatul oftă profund și apoi acceptă. Îi conduse pe toți la parter, unde luă cheile dintr-un bol și i le înmână lui Ariel.

— Te voi vedea la spital, spuse ea, iar apoi, din impuls, se aplecă spre el și îi sărută obrazul.

Sprânceana stângă a bărbatului i se arcui pe frunte, iar ochii i se fixară pe chipul ei. O ușoară roșeață îi pudra chipul și gâtul femeii, iar buzele bărbatului zvâcniră.

Lui Max îi plăcea cum arăta Ariel în acel moment, uşor stânjenită şi ciufulită. Nu o văzuse niciodată astfel. De obicei, femeia părea rece şi de neatins. Părul îi era aranjat cu meticulozitate, iar ea niciodată nu părea să fie nearanjată.

Observând roşeaţa femeii, bărbatul se simţi mai bine. Acel lucru demonstra că şi ea putea avea sentimente, iar el, unul, vedea accasta ca un punct de pornire pentru a construi ceva.

CAPITOLUL TREISPREZECE

Și Max ura spitalele și doctorii pentru că avusese parte de îngirjire medicală de destule ori de-a lungul anilor săi de nebunie când obișnuia să provoace șansa și se arunca în aventuri cu puține șanse de izbândă. În consecință, nu suporta să nu aibă control asupra propriului corp, mai ales când un doctor îi spunea ce avea de făcut.

Pe bărbat nu îl deranja să vadă sânge pe cineva, dar ura prezența sângelui atunci când era vorba de al lui. Nu era, de altfel, nici prea încântat să fie înțepat și consultat.

Fără răbdare, Max aștepta sosirea medicului și patrula prin spațiul nu prea mare al încăperii. Ariel îl urmase în cabinetul de tratament și îi urmărea cu privirea mișcările de colo, colo.

— Te doare? îl întrebă femeia, observându-i pașii nervoși.

Max se întoarse spre ea cu o lumină stranie în ochi. Bărbatul își trecu deetele prin păr și, apoi, își scutură capul.

— Ce fel de întrebare este asta? o întrebă el. Nu aș fi aici dacă nu m-ar durea, nu-i așa? i-o întoarse bărbatul pe un ton aspru.

— Îmi pare rău, spuse femeia, coborându-și privirea spre podea.

— De ce ți-ar părea rău? se încruntă Max. Nu tu m-ai rănit, sublinie el, supărat pentru că femeia avea impresia că era vina ei.

— Dar dacă nu aș fi fost eu, tu nu ai fi fost rănit în seara asta, îi răspunse ea pe o voce pierită.

— Nu fii idioată, îi ordonă el aspru. Ca și cum ar fi fost mai bine dacă ai fi fost tu cea rănită, spuse Max pe un ton sumbru.

Ariel dori să adauge ceva, dar doctorul intră în încăpere și îi privi spre cei doi tineri cu ochi întrebători. Bărbatul simțea schimbarea din atmosferă și se întrebă dacă nu ar fi trebuit cumva să fi apărut mai devreme.

— Este totul în regulă aici? se interesă medicul, în acelaşi timp, fluturându-şi mâna spre Max şi invitându-l să ia loc pe marginea patului de spital.

— Da, totul este bine, răspunse Max pe un ton care nu mai permitea alte întrebări, iar apoi se aşeză pe pat.

— Dă-mi voie să îţi văd braţul, îi ceru doctorul, luând hotărârea să uite despre ceea ce simţise când intrase în cabinetul de tratament.

Medicului nu îi plăcea nici răspunsul scurt al pacientului său, dar consideră că mai bine îl ignoră.

Aşa cum se temea Max, bărbatul începu să îl pipăie şi să-l împungă, făcându-l să scrâşnească din dinţi.

— Îl vom curăţi şi apoi îl vom coase în câteva clipe, îi promise doctorul, simţind tensiunea din trupul bărbatului.

— Bine atunci, îi răspunse Max printre dinţii încleştaţi. Cu cât mai repede, cu atât mai bine, adăugă el, sperând să părăsească spitalul curând.

— Voi fi rapid, nici o problemă, spuse medicul, iar apoi ieşi din încăpere pentru a se întoarce cu o soră medicală şi cu lucrurile de care avea nevoie.

Max îşi scutură capul când văzu că bărbatul pleacă.

— De ce nu a venit cu tot ce avea nevoie de la început? se miră el, ridicându-se de pe pat şi începând să patruleze din nou.

— Poate că nu ştia de ce va avea nevoie, comentă Ariel.

— Paramedicii i-au spus surorii medicale de la triaj despre ce era vorba. De asemenea, sora medicală mi-a consultat şi ea braţul, o contrazise Max pe Ariel. Doctorul ar fi trebuit să ştie la ce să se aştepte şi să nu mai piardă timpul cu examinări inutile, trase el concluzia.

— Se va întoarce în curând, îi răspunse Ariel pe un ton liniştitor.

Bărbatul părea iritat şi ea nu voia să-l agraveze şi mai mult.

— Ţi-este teamă să nu cumva să provoci ursul, nu-i aşa, Ariel? observă Max cu amuzament în voce. Nu te teme, nu te voi muşca chiar dacă mă contrazici, o bătu el uşor pe umăr.

Femeia își îngustă ochii în două fante subțiri, dar își mușcă limba pentru a nu pronunța cuvintele ce-i veniseră în cap. Știa ea că Max fusese singurul lucru care se aflase între ea și urmăritorul ei în noaptea aceea. Dacă trebuia să-i cânte omului în strună pentru o vreme, atâta lucru putea face și ea.

Max o privi cu curiozitate și își scutură capul.

— Întotdeauna am fost convins că ești deosebită. Nu ești o femeie obișnuită, asta este clar. S-ar putea să nu-mi placă tot ce văd în tine, dar un lucru este foarte clar, fetițo. Nu ești deloc plictisitoare, spuse el scuturându-și din nou capul.

— Încerci să mă enervezi? îl întrebă Ariel pe un ton iritat.

— Nu, evident că nu, îi răspunse Max. Pur și simplu, sunt cinstit și îți spun ce gândesc. Ai prefera să te mint? își aplecă el capul pe o parte, privind-o interogativ.

— Evident că nu, se grăbi Ariel să spună. Prefer să aud adevărul întotdeauna. Oricum, nu contează cu adevărat, își flutură ea degetele.

— De ce? își arcui Max sprânceana stângă. Pentru că nu sunt suficient de important? ghici el.

— Niciodată nu am spus așa ceva, îi răspunse ea pe un ton furios. Ceea ce vreau să spun e că noaptea aceasta va trece. După aceea, nu vom avea ocazia să ne vedem prea des.

— Și de ce nu? o întrebă Max, așezându-se pe marginea patului.

Bărbatul se gândi că slăbiciunea bruscă pe care o resimțea se datora piederii de sânge suferite, dar știa el că, de fapt, șocul provocat de cuvintele lui Ariel, care îi negau orice contact de viitor cu ea, era motivul pentru care avea senzația că îi tremurau picioarele.

— Pentru că nu e un lucru înțelept, spuse Ariel, întorcându-i spatele.

Femeia își aruncă ochii afară prin fereastra mititică, chiar dacă nu putea vedea nimic altceva decât un zid gri.

— Cine spune că nu e înțelept? insistă Max.

Bărbatului îi displăcea să i se spună ce trebuia să facă, ba chiar mai mult decât atât, niciodată nu învăţase să renunţe şi să lase evenimentele să evolueze de la sine.

— Eu spun că nu este înţelept, se întoarse Ariel înapoi spre el, iar verdele din ochii ei îi ardea bărbatului chipul. Noi doi sântem diferiţi. Venim din medii complet diferite. Nu există viitor pentru cei ca noi, îi explică ea, gesticulând agitată.

— Sântem diferiţi, într-adevăr, se arătă Max de acord cu evaluarea ei. Şi, cu siguranţă, venim din medii diferite. Nu o să neg acest lucru. Dar, aceasta nu înseamnă că nu există un viitor pentru cei ca noi. Priveşte doar la Becka şi Bryan, sublinie el.

— Este posibil ca ei să fie excepţia de la regulă, nu se lăsă femeia. Eu, una, nu cred că va rezista prea mult căsnicia lor.

— Se poate să nu mă placi, spuse Max pe un ton liniştit. Este dreptul tău. Dar te minţi pe tine însăţi dacă ai impresia că mariajul dintre Becka şi Bryan nu va rezista. Sunt unul dintre cele mai solide cupluri pe care le-am cunoscut vreodată, Ariel. Ştiu că nu îl placi pe Bryan. Nu ştiu de ce, dar acest lucru nu face căsnicia lor mai puţin solidă numai pentru că asta speri tu, continuă el pe un ton aspru.

Ariel dori să-i răspundă, dar se opri când uşa de la cabinetul de tratament se deschise. Sora medicală intră, împingând o tavă mobilă, iar doctorul o urmă.

Următoarele douăzeci de minute trecură cu mare greutate. Ariel nu-şi putea lua ochii de la ceea ce făcea doctorul şi îşi simţea cina în gâtlej. Din nou, în seara aceea, culoarea dispăru de pe chipul ei, iar un roz pal îi coloră buzele.

Max încercă să nu se uite la ce făcea doctorul şi se concentra pe posterele de pe pereţi. Până ce medicul termină de suturat braţul lui, bărbatul deja învăţase pe de rost fiecare cuvânt de pe acele afişe.

— Va trebui să menţii acest braţ uscat aproximativ cinci zile, îl sfătui doctorul pe Max. Poţi face duş dacă îl acoperi cu un sac de plastic sau ceva similar. Îţi voi da o prescripţie pentru antibiotic, adăugă el şi

începu să completeze o pagină din carnetul lui de rețete. Îți voi prescrie
și niște calmante că te va cam durea, ridică doctorul din umeri.

— Nu e nevoie să îmi prescrii calmantele, își flutură Max degetele.
Am o bună toleranță la durere și niciodată nu iau nimic mai puternic
decât ibuprofen. Sper că nu e o problemă dacă încep cu antibioticele
mâine. Mă gândesc să beau niște whiskey în seara aceasta. Mă va ajuta și
cu durerea de altfel, bărbatul îi făcu cu ochiul doctorului.

Sora medicală își scutură capul, dar medicul izbucni în râs.

— Da, poți aștepta și să începi antibioticele mâine, aprobă omul cu
o mișcare a capului. Dar nu bea prea mult. Ai pierdut suficient de mult
sânge pentru a face combinația nesigură.

— Ah, nu, nu te teme. Un pahar sau două cel mult, îl asigură Max.
Deci pot pleca acum? se interesă el.

— Da, poți. Ar trebui să mergi la medicul de familie după șapte zile
să îți verifice brațul. Dacă simți orice fel de disconfort sau vezi dungi
roșii și inflamate, vino înapoi la camera de gardă, îl sfătui doctorul pe
un ton grav.

— Înțeleg, dădu Max din cap, iar mai apoi își luă jacheta pentru a
se îmbrăca.

Sora medicală și medicul părăsiră încăperea, iar Ariel închise ușa în
urma lor după ce le mulțumi. Când femeia se întoarse înapoi spre Max,
aceasta observă că bărbatul încerca să-și pună jacheta, dar brațul nu îl
ajuta defel.

— Lasă-mă să te ajut, se îndreptă Ariel spre el cu pași iuți.

— Nu este necesar, o opri Max, ridicându-și mâna. Nu voi muri
până ajung acasă dacă nu port jacheta. Este cald în mașină, spuse el și o
porni spre ușă.

— Dar este rece afară și vei îngheța până ce ajungi la mașină, se
grăbi Ariel după el.

Max își flutură mâna în aer și, cu pași mari, continuă de-a lungul
holului spre ieșire.

— Tu nici măcar nu știi unde am parcat mașina, spuse Ariel din spatele lui, iar bărbatul se opri.

— În regulă, se arătă Max de acord. Arată-mi tu drumul, o invită el.

CAPITOLUL PAISPREZECE

Ariel conduse mașina înapoi spre casă, dar numai după ce au purtat o discuție înfierbântată în parcare. Max nu dorea să-i permită să mânuiască mașina lui, iar femeia nici nu se gândea să-și pună viața în pericol în mâinile lui, când el nu avea decât un braț pe care îl putea folosi fără restricții.

— Știu că ești furios pe mine acum, Max, spuse Ariel pe un ton apologetic. Dacă vrei, când ajungem la tine acasă, pot să chem un taxi și să mă duc înapoi la mine, ridică femeia din umeri, gândindu-se că bărbatul îi încercase răbdarea suficient pe noaptea aceea, iar ea, una, s-ar fi bucurat de un moment de respiro.

Bărbatul pufni, dar nu se obosi să-i și răspundă. Ariel scrâșni din dinți din cauza frustrării, aruncându-i lui Max o privire opărită. I-ar fi plăcut să i-o poată plăti înapoi.

Femeia chiar se gândi să-l pedepsească, aruncând asupra lui una din vrăjile pe care ar fi trebuit să le aibă în arsenal. Cu toate acestea, lui Ariel îi era teamă că inabilitatea ei de a-și controla vrăjile, combinate cu furia ei, ar putea duce la un dezastru.

Ariel dorea doar să îl facă să regrete comportamentul lui puțin, nu avea de nici o intenție să-l transforme într-o larvă. Femeia oftă. Nu-și putea folosi puterile pentru că știa că lucrurile puteau lua o întorsătură neplăcută. Cu toate acestea, trebuia să facă ceva pentru a-și păstra facultățile mentale.

Oricum, tânăra femeie nu era ea o persoană prea răbdătoare nici în zilele ei bune. Dar, atunci, la finalul acelei zile de coșmar, deja ajunsese la capătul răbdării.

Ea încercase să-și păstreze controlul asupra temperamentului său gândindu-se că Max își pusese viața la bătaie pentru ea. Voia să îi fie recunoscătoare, dar, Max făcea totul foarte dificil. Ariel trebuise să-şi muşte limba de câteva ori pentru a nu striga la el.

— Ce vrea să însemne asta? întrebă tânăra femeie pe un ton neguros, aruncându-i o privire piezişă, fugară.

— Nimic, doar că am impresia că ţi-ai pierdut uzul raţiunii, îi răspunse Max într-o manieră pragmatică, în acelaşi timp fluturându-şi degetele pentru a-i îndepărta cuvintele.

Ariel oftă profund pentru a-şi controla temperamentul, iar apoi îşi scutură capul. Bărbatul o călca pe nervi, iar impulsul de a i-o plăti devenea din ce în ce mai puternic.

Femeia se gândi la sora ei. Dacă Becka s-ar fi aflat în locul ei, Max ar fi fost deja aruncat departe de o furtună teribilă. Bărbatul era norocos pentru că Ariel nu moştenise acele talente.

— Uite cum stă treaba, Max. Se pare că nu prea ne înţelegem noi doi în seara asta, observă femeia pe un ton înţepat. Poate că ar fi mai bine dacă nu am fi amândoi blocaţi în continuare în aceeaşi casă.

Sau s-ar putea să-mi pierd minţile şi să te strâng de gât până-ţi dai ultima suflare, continuă Ariel în gând cu ferocitate.

Tânăra femeie simţea că era destul de furioasă pentru ca să îl învingă pe Max într-o luptă fizică, chiar dacă bărbatul era mult mai înalt decât ea şi cântărea cu cel puţin douăzeci şi cinci de kilograme mai mult. În acel moment, furia ei îi dădea toată puterea de care avea nevoie.

Ariel trase adânc aer în piept, iar mai apoi, încercă să îi explice lui Max cu răbdare:

— Nu mai există nici un pericol pentru mine acum. Apreciez cu adevărat tot ce ai făcut pentru mine în seara aceasta...

— Aceasta e doar o aiureală şi o ştii foarte bine, i-o întoarse Max furios, fixându-şi privirea dură asupra chipului femeii. Ceea ce vrei să spui de fapt este că acum nu mai ai nevoie de mine. Te simţi mai în siguranţă şi vrei să te duci înapoi la tine acasă ca să nu mai fi nevoită să mă ai în faţa ochilor.

— Ai dreptate despre un singur lucru, îi replică Ariel cu mânie. Nu vreau să mai dau cu ochii de tine în acest moment pentru că simt impulsul de a arunca ceva în capul tău pătrat, strigă ea, privindu-l furioasă. Deja ți-am spus că îți sunt foarte recunoscătoare pentru tot ce ai făcut pentru mine. Am încercat să te ajut la spital, Max, iar tu ai făcut o criză în fața doctorului ca un copil mic...

— Ca un copil mic? abia reuși Max să spună, iar fulgere se apriseră în ochii lui.

Omului nu-i venea să creadă ce-i auzeau urechile. Nimeni nu îl acuzase vreodată că s-ar fi comportat ca un prunc răsfățat.

— Da, un copil mic, nu se lăsă Ariel, ba chiar lovi cu palma volanul pentru a accentua punctul ei de vedere. Ești adult și are trebui să te comporți ca un adult. Înțeleg că ești rănit, dar asta nu înseamnă...

— Discuția asta nu e despre mine fiind rănit, interveni Max cu furie. Este despre tine, pentru că ai impresia că mă poți îndepărta, pur și simplu, atunci când nu mai ai nevoie de mine.

Bărbatul avea senzația că nu era întru totul corect. Discuția aceea începuse numai pentru că lui nu-i convenise că nu putea conduce din cauza brațului său. După aceea, Max combinase supărarea aceea cu ideea că Ariel nu prea avea cine știe ce opinie bună despre el și dorea să scape din prezența lui cât mai rapid.

Omul știa că, la un anumit nivel, avea dreptate. Cu toate acestea, era conștient și că, de fapt, extrapolase totul, înrăutățind, astfel, lucrurile. Dar, tot nu avea chef să își ceară scuze pentru cuvintele sale și pentru atitudinea lui neplăcută.

— Ascultă aici, asule, izbucni Ariel cu mânie în voce, pierzându-și și ultima picătură de răbdare. Eu nu sunt Florence Nightingale. Asta e adevărat. Dat tot am vrut să te ajut de-a lungul acestei nopți și să fiu cu tine pentru că și tu m-ai ajutat pe mine. Dacă nu poți să treci această idee prin capul tău pătrat, atunci e problema ta, nu a mea. Nu am chef să-mi petrec restul nopții certându-mă cu tine, îl avertiză ea.

— Nu ai chef să-ți petreci restul nopții cu mine, punct, observă Max. Crezi că nu știu care e părerea ta despre mine? Doar ai avut grijă să mi-o arăți de fiecare dată când ne-am întâlnit, se întoarse el spre ea pentru ca vorbele lui să aibă un impact mai mare.

— Chestia asta nu are nici o legătură cu ce se întâmplă aici, i-o întoarse Ariel, păstrându-și ochii pe drum cu încăpățânare.

— Oh, dar cred că are, spuse Max pe un ton liniștit de data aceasta. În regulă, probabil că m-am comportat puțin altfel decât de obicei în seara aceasta, dar tu te-ai comportat exact ca întotdeauna când ne pomenim în același loc împreună.

Ariel își scutură capul și se luptă să-și oprească lacrimile să cadă. Vrusese să facă ceva frumos pentru el, iar Max reușise să întoarcă totul cu fundul în sus și să arate că ea era egoistă.

— Bine, spuse ea pe un ton controlat. Voi sta la tine acasă în seara aceasta, dar mâine dimineață am plecat, spuse ea, tăind aerul dintre ei cu palma.

Femeia nu-l putea lăsa singur după ce bărbatul fusese înjunghiat din cauza ei. Ariel nu s-ar fi iertat niciodată dacă ar fi demonstrat un astfel de egoism.

— Cum vrei tu, prințesă, replică Max pe un ton indiferent și își luă privirea de la ea.

Bărbatul își întoarse ochii spre fereastră pentru a-i demonstra lui Ariel că lui nu îi păsa. Cu toate acestea, mai multe gânduri începură să i se învârtă în minte. Omul începu să caute diverse căi pentru a o determina pe femeie să rămână alături de el și după ce venea dimineața. Era singura lui șansă pentru a o face să-l vadă pentru ceea ce era, iar prostia lui Max mai că distrusese acea șansă.

— De obicei fac, nu pierdu femeia șansa de a avea ultimul cuvânt.

Restul drumului îl petrecură în tăcere. Ariel spera că noaptea va trece destul de curând ca să se poată descotorosi de Max pentru totdeauna. Ultimele câteva ore o estenuaseră.

Indiferent cât de bine arăta bărbatul, nu merita toată durerea aceea de cap. Încăpățânarea lui ar fi făcut-o să fugă de el chiar dacă străbunica ei l-ar fi plăcut. Ariel prefera bărbații care erau mai dispuși la compromis și care se preocupau de toate mofturile ei. Max nu făcea parte din nici una din cele două categorii.

Și Max se mulțumea să fie lăsat în compania gândurilor sale înnegurate. Bărbatul se simțea folosit și apoi dat de o parte.

Nu o ajutase el pe Ariel pentru ca aceasta să îi fie recunoscătoare. Ar fi făcut același lucru pentru orice altă femeie.

Cu toate acestea, sperase că femeia se va încălzi cât de cât față de el. Bărbatul încercase din toate puterile să o cucerească pe Ariel de-a lungul ultimului an și jumătate, dar, din păcate, nu ajunsese prea departe cu ea.

Când ajunseră la el acasă, Max se îndreptă direct spre barul ascuns într-o nișă din cameră de zi și își turnă un pahar de whiskey.

— Vrei și tu unul? se întoarse el spre Ariel, dar femeia își scutură capul.

— Am avut parte de destule emoții în seara aceasta, mulțumesc, mai că scuipă Ariel cuvintele. Mă aștept să dorm buștean. Nu am nevoie de ajutor pentru asta, își înclină ea capul spre paharul din mâna omului.

— Cum vrei tu, ridică Max din umeri. Eu cred că e un medicament bun, dacă este luat în doze mici, îi explică el.

Bărbatul sorbi din pahar și șuieră printre dinți. Un pumn bine țintit îi crăpase buzele, iar arsura alcoolului îi luase răsuflarea.

— Uite care e treaba, o privi el în ochi după aceea. Știu că discuția dintre noi a luat o cotitură neplăcută în seara aceasta. Este posibil să fi fost din cauza frustrației acumulate or o consecință a infuziei de adrenalină, ridică bărbatul din umeri. Nu am avut intenția să te jignesc și nu vreau să te duci la culcare fiind supărată pe mine.

Ariel îl cercetă pe Max cu atenție și își dădu seama că bărbatul își cerea scuze în felul său. Acel lucru nu rezolva toate problemele, dar ea, una, era de acord să se întoarcă la status quo și să uite de disputa lor. În fond, femeia își promisese să nu se mai găsească în aceeași cameră cu el prea curând. Putea supraviețui pentru o noapte.

— Nu-ți fă griji, își flutură Ariel mâna cu nonșalanță. Deja am uitat, îi zâmbi ea strâmb lui Max, abia curbându-și buzele.

Mda, sunt convins că ai uitat, gândi omul cu amărăciune. Max își dăduse seama că zâmbetul lipsea din ochii femeii.

Acum, bărbatul se mustră pe sine în gând, știind că avusese o șansă cu Ariel, iar el o distrusese.

— Ai nevoie de ajutor cu tricoul? îl întrebă Ariel pe Max pentru a pune capăt unei alte posibile discuții.

Bărbatul o privi și rânji. Ariel se strâmbă, dându-și seama cam ce gânduri îi treceau acestuia prin minte.

— Îmi surâde oferta ta, puiule, dar cred că voi dormi cu el pe mine în seara aceasta. Nu mă simt în stare să trec prin ceea ce implică scoaterea lui, îi explică Max, gesticulând cu mâna în care ținea paharul. Însă, îți voi accepta oferta dimineață, dacă aceasta mai e valabilă, îi făcu el cu ochiul.

— Oferta de a te ajuta să-ți scoți tricoul va fi valabilă. Nu confunda asta cu altceva, însă, îl avertiză Ariel cu fermitate, hotărâtă să pună lucrurile la punct o dată pentru totdeauna.

— Cum aș putea? îi răspunse Max cu amărăciune. Doar ai fost foarte clară când mi-ai explicat că nu vrei să ai nimic de-a face cu mine, nu e așa?

— Și iar o luăm de la început, își dădu Ariel ochii peste cap, sătulă să repete aceleași lucruri tot timpul. Știi ce? Mă duc la culcare, îl anunță femeia pe Max pe un ton pragmatic. Sunt extenuată și nu mai pot trece prin asta din nou, adăugă ea și o porni spre ușă.

— Mda, am priceput asta, mormăi Max în urma ei, dar cuvintele lui ajunseră la urechile lui Ariel și femeia scrâșni din dinți din cauza frustrării.

Orice ar fi făcut, mereu s-ar fi găsit de partea greșită cu acel bărbat.

Cu chipul sumbru, Max o privi pe Ariel părăsind încăperea. Mai apoi, goli conținutul paharului său dintr-o înghițitură. În acel moment, bărbatul se ura pe sine însuși.

Ești prost, omule. Ai fi putut să acționezi altfel. Cine știe, poate ai fi reușit să o convingi pe femeie să se încălzească în ceea ce te privește, își scutură Max capul cu necaz.

Bărbatul aruncă o privire spre sticla de whiskey și se gândi să-și mai toarne un pahar.

Nu acesta este răspunsul, decise el după câteva clipe și își puse paharul gol pe măsuța de cafea.

Câteva clipe mai târziu, Max urcă la etaj ca să încerce să doarmă pentru o vreme. Se îndoia că ar fi putut, însă. Durerea combinată cu gândurile sale neliniștite părea să fie cocktailul perfect pentru a-l ține treaz în acea noapte.

CAPITOLUL CINCISPREZECE

Când coborî la parter în dimineața următoare devreme, Ariel îl găsi pe Max în bucătărie. Femeia se opri pentru o clipă, nesigură de ce ar fi trebuit să facă.

Bărbatul îi aruncă tinerei femei o privire rapidă. Umbrele de sub ochii lui îi spuseră lui Ariel că Max nu dormise prea mult în acea noapte. Inima i se chirci la acel gând, dar femeia încercă să nu arate nici un fel de compasiune, temându-se că va reîncepe conversația din noaptea precedentă. Nu se simțea în stare să treacă prin acea experiență din nou.

— Neața, o salută Max pe un ton ursuz și, deși bărbatul încercă să zâmbească, Ariel observă că ochii îi rămăseseră sumbri.

— Bună dimineața, Max, răspunse Ariel pe un ton liniștit. Nu ai dormit prea mult, nu-i așa? se interesă ea, simțind compasiune pentru el.

Bărbatul ridică din umeri.

— Am timp să dorm mai târziu astăzi. Am sunat deja și am anunțat că nu voi merge la sală astăzi. Ai vrea niște cafea? îi întoarse Max spatele și începu să pregătească cafeaua.

Ariel ezită o clipă. Nu era prea sigură că dorea să petreacă prea mult timp în compania lui în acea dimineață. Noaptea trecută o obosise nespus deja.

— Te-ai decis până la urmă? o întrebă Max pe femeie, fără să se întoarcă spre ea. Pot să te asigur că nu voi mușca, chiar dacă nu am dormit prea mult noaptea trecută.

Tânăra femeie se strâmbă, dar până la urmă ridică din umeri.

— Da, de ce nu, răspunse ea, gândindu-se că avea nevoie de o ceașcă de cafea după ce dormise atât de puțin timp.

Ariel spera ca lichidul potent să o ajute să-și înceapă ziua.

— Atunci ia loc la masă, o invită Max, înclininându-și capul spre masa de colț din bucătărie. Cafeaua va fi curând gata, iar eu deja am pus niște croissanturi la cuptor, o informă el pe Ariel.

— Și tu gătești ca și Bryan? îl întrebă femeia pe un ton uluit, iar sprâncenele i se arcuiră sus pe frunte.

Coincidența s-ar fi dovedit mult prea mare pentru ea.

Max izbucni în râs și își scutură capul.

— Îmi pare rău să te dezamăgesc, iubito, reuși el să spună printre hohote de râs. Bryan este unic în felul lui. Cu mine, mi-e teamă că nu ai același noroc, se întoarse el spre femeie cu un surâs pe buze. eu nu gătesc și nu coc prăjituri și nici nu am nici o intenție să învăț așa ceva de-a lungul vieții mele. Trăiesc destul de bine mâncând în oraș sau cumpărând mâncare gata făcută pentru a o aduce acasă.

— Dar tocmai ai spus..., începu Ariel să spună, iar Max o întrerupse cu o fluturare a degetelor.

— Știu ce am spus, dar asta nu înseamnă că eu sunt cel ce a făcut croissantele. Eu numai am cumpărat niște pachete cu croissante gata de pus la cuptor. Atâta tot, explică bărbatul ridicând un umăr. Pot și eu citi instrucțiunile de pe un pachet și să dau drumul la cuptor. Nu este nevoie de mai mult de atât.

— Oh, înțeleg acum, dădu Ariel din cap. Ei bine, înțeleg că și acelea sunt bune, spuse ea cu indiferență studiată.

Femeia nu voia ca el să știe că și ea era o cumpărătoare avidă de mâncare pregătită, gata de pus în cuptor.

— Asta așa este, se alătură Max evaluării ei. Poate că nu sunt la fel de bune ca ale lui Bryan, dar sunt destul de bune, ridică el din nou din umeri.

Considerând că deja discutaseră acel subiect până la moarte, Ariel se îndreptă spre masa din bucătărie și luă loc pe banchetă. Oftă profund și se lăsă pe spate pentru a-și elimina tensiunea din corp. În același timp, ochii ei curioși îl urmăreau pe Max scoțând două căni din bufet.

— Tu pui zahăr în cafea? o întrebă bărbatul fără să-şi întoarcă capul spre ea, dar, cu toate acestea, tot simţea privirea femeii fixată între omo-plaţi.

Max abia de reuşea să se controleze şi să nu înceapă să se foiască sub ochii ei. Omul nu voia să-i dea de înţeles lui Ariel că ea avea puterea să îl deconcerteze, mai ales că deja se simţea în dezavantaj în faţa femeii din cauza sentimentelor pe care le nutrea pentru ea.

— Da, o beau cu zahăr, răspunse Ariel pe un ton liniştit.

Preocupată, femeia îşi puse mâinile una peste alta în faţa ei pe masă. Prezenţa constantă a bărbatului în viaţa ei din ultimele şaisprezece ore se jucase de-a binelea cu hormonii ei.

— Lapte? îşi continuă Max interogarea.

— Da, dacă ai, dădu Ariel din cap, chiar dacă ştia că bărbatul nu îi putea vedea mişcarea.

Câteva clipe mai târziu, Max veni la masă cu o cană pentru ea.

— Voi aduce imediat zahărul şi laptele, o informă el pe Ariel, iar apoi se întoarse înapoi să facă ceea ce spusese.

— Pot să te ajut, să ştii, spuse ea, ridicându-se, gata să se ducă şi să aducă restul lucrurilor la masă.

— Nu e necesar, mă descurc, gesticulă Max spre ea să se aşeze înapoi pe bancă.

Ariel îşi strânse buzele, dar mai apoi îi prinse mâna dreaptă iute.

— Max, nu fi absurd. Nu pot să stau aici, aşteptându-mă ca tu să aduci totul la masă. Pot să îmi folosesc ambele mâini şi nu voi muri dacă pun totul pe o tavă şi o duc la masă. Ştiu că tu crezi că sunt îngâmfată, dar te asigur că am făcut aşa ceva în trecut, spuse ea în grabă, iar lumina verzuie a ochilor ei sclipi.

Ariel nu era genul de femeie căreia îi plăcea să se mintă pe sine. Observase deja atracţia bărbatului pentru ea, dar îşi dăduse şi seama că omul îşi ţinea ochii larg deschişi şi nu trecea peste aşa-numitele ei de-fecte. Că ea nu le considera ca atare era cu totul altceva.

Max îi evaluă hotărârea preț de câteva clipe, iar apoi acceptă cu o înclinare a capului. Nu voia să repete fiascoul de cu o seară înainte. Omul voia să progreseze în lupta lui de a o cuceri, nu să o alieneze complet.

— Bine atunci. Fă cum vrei tu, o invită Max, gesticulând spre tejgheaua de la bucătărie unde el deja adunase ceea ce avea nevoie pentru micul dejun.

Ariel își scutură capul și se grăbi să pună totul pe tavă pentru a duce totul la masă într-un singur drum. Aranjă totul pe masă, iar apoi se întoarse să vadă ce făcea Max.

Acesta deja scosese croissantele din cuptor și încerca să le scoată pe o farfurie. Totuși, cu numai un braț funcțional, bărbatul nu avea prea mare succes în acțiunea sa.

Ariel luă notă de frustrarea lui și, cu o nouă scuturare a capului, se îndreptă spre el imediat.

— Cred că ar trebui să duci tu cafeaua la masă. Voi pune eu croissantele pe farfurie, se oferi Ariel pe un ton liniștitor.

Max aruncă o privire fugară spre femeie și își strânse buzele.

— Se pare că nu pot face prea multe cu idiotul ăsta de braț, scuipă el cuvintele furios.

— Știu că așa pare acum, dar va trece, îl asigură Ariel, bătându-l ușor pe brațul drept. Și curând, Max, nu te teme.

Femeia se temea ca nu cumva Max să puncteze faptul că femeia nu spunea altceva decât platitudini, dar bărbatul se mulțumi doar să îi ofere un zîmbet subțire. După aceea, el înhăță cafetiera plină de cafea și se îndreptă spre masă. Cu toate acestea, fiecare pas al său scotea în evidență iritarea pe care o resimțea și frustrarea sa față de situația prezentă.

Lui Ariel îi părea rău de Max. Femeia nu voia să își analizeze sentimentele față de el prea îndeaproape, dar, în felul ei, avea și ea unele sentimente pentru el. Mai mult decât atât, știa că Max nu s-ar fi găsit în acea situație dacă nu ar fi încercat să o protejeze.

Pe femeie o măcina vina și aceasta știa că ar fi trebuit să se ofere să-l ajute timp de o zi sau două. Max nu-și putea folosi brațul stâng fără durere, iar capacitatea de mișcare a omului era destul de limitată.

Cu toate acestea, în ciuda vinovăției pe care o resimțea, Ariel știa că nu o putea face. Dacă ar fi petrecut prea mult timp în apropierea lui Max, ar fi însemnat ca ea să se pună în calea pericolului. Deja risipise prea mult timp gândindu-se la el după fiecare dintre întâlnirile lor din trecut.

Chiar în acel moment, Ariel simți ochii întunecați ai bărbatului fixați asupra ei, iar temperatura corpului ei începu să se ridice. Era clar că nu putea risca să rămână acolo cu el.

Tânăra femeie se întoarse la masă cu croissantele așezate pe farfurie. Le puse lângă cafetieră și spuse pe un ton ușor:

— Chiar miros foarte bine, Max. Îmi place la nebunie să beau cafea și să mănânc croissante dimineața, adăugă Ariel, așezându-se la masă în partea opusă de cea a lui.

După aceea, femeia turnă cafea într-una dintre căni și apoi își pregăti băutura fierbinte cu lapte și zahăr sub ochii curioși ai lui Max.

— Nu aș fi crezut că ești genul de femeie căreia îi place atât de mult zahăr, observă bărbatul.

Ariel ridică din umeri și spuse:

— Îmi place zahărul la fel de mult ca tuturor.

— Asta pot să văd, își aținti Max bărbia spre cana femeii. Mie nu îmi place, îi explică el. Nu e foarte sănătos, ca să știi.

— S-ar putea să nu fie, răspunse Ariel cu indiferență. Dar așa îmi place mie, încheie ea discuția, mușcând dintr-un croissant.

O clipă mai târziu, își acoperi gura și începu să pufnească.

— Ce naiba, Ariel? se încruntă Max, sărind de pe banchetă, gata să o smulgă de pe locul ei.

Femeia își ridică mâna pentru a-l opri. După încă câteva secunde, înghiți ce avea în gură, iar apoi spuse:

— Îmi cer scuze. Am fost pur şi simplu idioată. Nu mi-am dat seama că e prea fierbinte, spuse Ariel cu regret în voce.

Max îşi scutură capul.

— Am crezut că te sufoci. Primul meu gând a fost că s-ar putea să nu am suficientă putere în braţul stâng pentru a-ţi aplica Heimlich-ul, bărbatul îi explică cu mânie, iar ochii lui mocneau cu furie şi resentiment.

— Îmi pare rău, repetă Ariel spăşită.

După aceea, îşi fixă ochii mari verzi, mărginiţi de gene dese, asupra ochilor bărbatului pentru a-l vrăji şi dezarma. Purtarea lui o măgulea, dar nu avea nici o intenţie să îl lase să meargă mai departe de atât.

— Nu e o mare problemă, mormăi Max şi se aşeză înapoi pe locul său. Să nu mai faci asta, îi porunci el înnegurat pentru a-şi salva mândria.

Bărbatul nu era prost şi ştia când cineva se juca cu el. Cu toate acestea, se hotărâse să o lase pe femeie să câştige punctele pentru moment.

— Nu mai fac, boss, îi răspunse Ariel, coborându-şi privirea spre faţa de masă, iar vocea ei reflecta zâmbetul ce îi curba buzele.

Femeia era conştientă că ea câştigase acea rundă.

Continuară după aceea să-şi bea cafeaua în tăcere, ronţăind croissante şi aruncându-şi priviri furişe unul spre celălalt.

— Sunt curios în legătură cu ceva, spuse Max brusc, iar capul femeii sări în sus.

— În legătură cu ce anume? se interesă Ariel, privindu-l cu confuzie în ochi.

— Ce nu-ţi place la mine? izbucni bărbatul.

Max îşi făcuse planuri să conducă discuţia diplomatic spre acel subiect, dar, în ultima clipă, uită complet de acele planuri. Acela era un subiect care îl necăjea, iar acum dorea să clarifice situaţia. În fond, trebuia să ştie dacă ar fi trebuit să nutrească vreo speranţă că lucrurile se vor schimba sau nu.

Ariel deschise gura să răspundă, dar nici un sunet nu ieși de pe buzele ei. Își drese vocea pentru a câștiga ceva timp, iar mai apoi spuse:

— Nu am spus niciodată că nu te plac.

— Nu în atâtea cuvinte, nu, își mormăi bărbatul acordul vizavi de declarația ei. Dar o arăți tot timpul. E ca și cum nu suporți să fiu în apropierea ta uneori, adăugă el, iar cuvintele lui sunară ca o acuzație.

— Mi-e teamă că ai înțeles greșit, își alese Ariel cuvintele cu grijă, încercând să aibă o discuție rațională cu el. Nu e vorba că nu te plac sau că nu suport să fiu în apropierea ta.

— Atunci despre ce e vorba? insistă Max, decis să nu o lase să se ascundă după cuvinte.

Cu privirea coborâtă, Ariel își trecu un deget peste marginea cănii, gândindu-se care ar fi cea mai bună cale pentru a-i explica totul.

— Îmi placi destul de mult, Max, spuse ea. Nu aceasta este problema aici, sublinie ea, aruncându-i o privire scurtă.

— Atunci care e problema? își repetă bărbatul întrebarea anterioară, fixând-o cu o privire aspră.

— Nu sântem potriviți unul pentru celălalt, ridică femeia din umeri.

— Și cum de ai ajuns la această concluzie? o întrebă Max cu sarcasm. Nu e ca și cum ai făcut vreun efort să petreci timp cu mine, menționă el. A fost necesar să intervină o urgență pentru ca să mă privești altfel decât cu iritare.

— Uite, Max, cum stă treaba, răspunse Ariel. În primul rând, dă-mi voie să repet ce ți-am spus noaptea trecută. Venim din medii diferite și chiar vreau să spun extrem de diferite, își accentuă femeia cuvintele.

— Asta așa e, se arătă Max de acord cu cuvintele ei, dând din cap. Dar aceasta nu înseamnă că lucrurile nu ar putea merge între noi doi, se aplecă el în față pentru a da mai multă greutate cuvintelor lui, privind drept în ochii femeii.

Ariel îl privi fix câteva momente, iar mai apoi își scutură capul.

— Nu, nu ar merge, îl contrazise ea. Max, tu nu ai o idee clară cât de diferiți sântem noi doi. Nu știi absolut nimic despre familia mea și despre mine, așa că nu ai de unde să îți faci o idee exactă, sublinie ea.

— Știu destul, își flutură Max mâna, dorind să-i anuleze evaluarea. Sunt prieten bun cu Matt și Jay, în fond. Bryan este prietenul și partenerul meu de afaceri, menționă el pentru a-și susține punctul de vedere.

— Și asta e tot ce știi tu, ridică Ariel un umăr cu dispreț. Lucrurile, însă, sunt mult mai complicate decât atât.

Max încercă să o contrazică din nou, dar femeia își ridică mâna.

— Uite, Max, crede-mă, eu sunt cea care are dreptate în situația asta. Nu știu la ce te aștepți tu de la o relație între noi doi, dar pot să-ți spun chiar acum că ai fi dezamăgit. Eu, una, am încetat să mai cred în iubire și în posibilitatea de a mă îndrăgosti cu mult timp în urmă. Chestia asta este pentru adolescenții care nu au gustat încă viața. Eu știu mai mult de atât, îi explică femeia cu fervoare.

Max se holbă la ea fără să clipească. Nu îi venea să creadă că aceasta spunea așa ceva.

— Vrei să spui că tu nu crezi că doi oameni pot să fie împreună și să se iubească unul pe celălalt? își arcui bărbatul sprâncenele sus pe frunte.

— Exact asta vreau să spun, aprobă Ariel cu un semn din cap. Am crezut și eu o dată că eram îndrăgostită, dar acum știu ce și cum. Cu toate acestea, tot am fost dezamăgită când mi-am dat seama că nu reprezentam nimic altceva decât un mijloc pentru așa-zisul meu iubit de a-și atinge țelul, îi explică ea cu amărăciune.

— Cum de știi că nu erai îndrăgostită? se miră Max. Oamenii deseori se conving de contrariu pentru a trece peste o perioadă dificilă, explică el. Cu toate acestea, nu poți spune clar că nu erai îndrăgostită, își scutură el capul.

— Crede-mă, Max. Știu cu certitudine că nu eram îndrăgostită. Iar după acea relație eșuată, am decis să nu mă mai implic într-o relație cu altcineva, pretinzând că astfel de sentimente există, își repetă femeia poziția.

— Nu, nu, nu, o opri Max, iar exasperarea îi răsuna în voce. Trebuie să știu ce dovadă ai de te face să crezi că nu era dragoste ceea ce simțeai. Cum de poți fi atât de sigură? De obicei, oamenii au multe dubii în legătură cu așa ceva.

— Ei bine, începu Ariel să spună ezitant. Sunt lucruri pe care nu le cunoști, după cum ți-am spus deja.

— Atunci ajută-mă aici, să înțeleg, insistă Max.

— Îmi pare rău, Max, își scutură Ariel capul, dar vocea ei nu prea dovedea că regreta ceva. Nu-ți pot spune absolut nimic. Este un secret de familie ce nu poate fi dezvăluit decât în anumite condiții, iar acum nu e cazul de așa ceva. Oricum, dacă aș face-o, probabil că m-ai invita să-ți părăsesc casa imediat. Așa că mai bine nu știi, cred eu, ridică tânăra femeie din umeri. Și știu despre ce vorbesc, sublinie ea pentru ca bărbatul să nu o mai contrazică. Mi s-a mai întâmplat așa ceva înainte. Cu acel individ de care ți-am spus.

— Acum chiar că trebuie să îmi spui totul, insistă Max, curiozitatea lui atingând un nivel nou.

— Nu, nu trebuie să îți spun nimic, îi răspunse ea pe un ton impetuos și se încruntă.

— Pentru că tu crezi că voi reacționa ca acel idiot? se interesă Max, aplecându-se asupra ei.

— În parte, poate că da, admise Ariel cu oarecare ezitare, iar nesiguranța i se strecură în voce. Oricum, acestea sunt regulile, iar mie nu-mi place să încalc regulile. În plus, noi doi niciodată nu vom ajunge la punctul unde va fi necesar să îți mărturisesc ceva, așa că mai bine lăsăm subiectul baltă.

— Îmi vei spune, declară Max cu încredere în sine. Te voi tot întreba până ce nu o să mai poți rezista.

— Nu și dacă nu sunt aici ca să o poți face, îl contrazise Ariel.

— Vrei să pui pariu? rânji Max la ea.

— Max, crede-mă, nu merită, își ridică Ariel mâinile. Te plac. Ar fi și dificil să nu te plac, desigur. Ești un bărbat atrăgător, iar tu știi asta. Ai înfățișarea aceasta întunecată și aura de mister. Sunt sigură că aproape toate femeile pe care le întâlnești se îndrăgostesc de tine. Dar, eu nu îți pot oferi nimic altceva decât o scurtă relație fizică. Nimic mai mult, sublinie ea, iar sprâncenele bărbatului i se arcuiră pe frunte din cauza uluirii.

— Asta este... chiar îndrăzneț, observă Max, nu prea sigur că alesese cuvintele corecte pentru a-și exprima opinia.

— Asta este o declarație cinstită, i-o întoarse femeia, corectându-i presupunerea.

— Deci te-ai simți în largul tău să ai o relație fizică cu mine, bărbatul trase concluzia și un zâmbet i se ivi pe buze.

Îi plăcea acea nouă linie de conversație.

— O relație scurtă, da, aprobă Ariel cu o aplecare a capului. Dar din cauză că străbunica mea nu te place și nu vrea ca eu să mă implic într-o relație cu tine, nu vom avea o relație, îi explică femeia pe un ton pragmatic.

— Câți ani ai? Ai treizeci, treizeci și doi? o întrebă Max pe un ton neîncrezător, încruntându-se ușor.

— Ești pe aproape, îi răspunse Ariel de sus.

Femeii nu-i plăcuse niciodată să vorbească despre vârsta ei, care reprezenta un punct negru pentru ea.

— Deci străbunica ta încă îți alege prietenii de joacă la această vârstă? se interesă Max cu sarcasm.

Stânjenită, dar și supărată, Ariel se înroși, iar degetele ei îi zvâcniră din cauza furiei ținute sub control.

— Așa cum am menționat mai devreme, lucrurile sunt mai complexe decât atât, Max. Ți-am spus că tu nu cunoști întreaga poveste. Oricum, ceea ce este important pentru tine să știi este că deja am pierdut destul de mult. Nu-mi permit să mai pierd ceva în plus, lovi ea cu vârful degetului arătător în masă pentru a-și face punctul de vedere mai clar.

— Cum ar fi ce? își curbă Max sprâncenele din nou.

— Cum ar fi bani, admise femeia, dar se înroși violent.

Avea ea senzația că nu prea sunau bine cuvintele ei. Oamenilor întotdeauna le displăcuseră persoanele care vânau averea, excluzând orice altceva.

Max își scutură capul cu dezamăgire. Se așteptase la orice altceva, dar nu la așa ceva.

— Chiar și tu pari să îți dai seama că nu sună tocmai cum trebuie ceea ce spui, observă el cu amărăciune. Oricum, dacă ceea ce-ți dorești cel mai mult pe lume sunt banii, atunci ești liberă să îi vânezi, se ridică omul de pe banchetă și își duse cana la chiuvetă. Eu nu te voi opri. Nu cred că există cineva care te-ar putea opri. În fond, fiecare are dreptul să-și împlinească visele, continuă bărbatul pe un ton plat.

Se părea că lui Max nu-i mai păsa de nimic. Se îndreptă spre ușă, evitând să o privească pe Ariel.

— Mă întorc la mine în dormitor acum. poți chema un taxi și să pleci acasă, Ariel. Ușa se va închide automat în spatele tău, o informă el pe femeie.

Ariel regreta că îi cauzase atât de multă durere. Bărbatul încerca să o ascundă sub masca de indiferență pe care o afișa, dar femeia nu îl credea.

— Max..., încercă ea să spună ceva, dar bărbatul își scutură capul pentru a-i opri cuvintele și trecu pe lângă ea fără a-i arunca o privire.

— Să ai parte de distracție în viața ta, Ariel. Vei avea nevoie de așa ceva, spuse el pe o voce liniștită în drumul său spre scară.

Banii rareori îți țin de cald atunci când ai nevoie, mormăi Max pentru sine.

— Vei avea nevoie de ajutorul meu să-ți dai jos tricoul, se grăbi Ariel după el. Sunt aici ca să te ajut. Trebuie să știi cât de recunoscătoare îți sunt după tot ce ai făcut pentru mine, îl imploră Ariel.

Max se întoarse spre ea, iar ochii lui se fixară pe chipul ei.

— Nu am nevoie de recunoştinţa ta. Ar fi ultimul lucru pe care ţi l-aş cere, spuse el accentuând cuvintele.

Bărbatul făcu doi paşi spre uşă, dar mai apoi îşi întoarse ochii spre ea.

— Nu am nevoie de ajutorul tău pentru nimic, declară Max fără emoţie. O să rup tricoul de pe mine, pur şi simplu. Du-te acasă, Ariel. Nu are sens să-ţi pierzi timpul cu unul ca mine, o concedie el.

— Niciodată nu am spus..., încercă Ariel să se explice.

— Şi nici nu-ţi voi da şansa să o faci, îi răspunse bărbatul cu asprime în glas. Am şi eu mândria mea. Gata, de acum încolo nu voi mai încerca să-ţi atrag atenţia. Caută un alt idiot să o facă, o sfătui Max. Acum ieşi de aici, strigă el la ea.

După aceea, Max îi întoarse spatele şi se îndreptă spre scară pentru a urca la etaj.

Îngheţată până la oase, Ariel îl privi urcând scările. Când bărbatul ajunse pe palierul de la etaj, lacrimi nevărsate îi ardeau femeii ochii.

CAPITOLUL ȘAISPREZECE

În zilele ce au urmat după plecarea abruptă de la casa lui Max, Ariel se surprindea prinsă între gânduri bruște legate de el și momente de frustrare și mânie. Bărbatul știa cu adevărat cum să o stârnească.

Chiar dacă simțea ceva pentru Max, tânăra femeie nega cu îndărătnicie orice atracție pentru el. Trecu peste acele gânduri trăgând concluzia că îi era doar recunoscătoare pentru ceea ce bărbatul făcuse pentru ea.

În cea mai mare parte a timpului, Ariel se menținea ocupată pentru ca să nu se gândească la bărbatul acela sau la ceea ce se întâmplase între ei doi. Nici nu trebuia să se agite prea mult ca să găsească ceva de făcut.

Poliția o vizitase acasă de câteva ori. Primii au venit ofițerii care răspunseseră apelului ei atunci când începuse să primească mesaje de la individul care o urmărea. Aceștia veniseră să își prezinte scuzele și pentru a cere mai multe detalii pentru a putea construi un caz împotriva bărbatului.

Ariel nu se putu abține să nu sublinieze faptul că evaluarea precedentă a situației pe care o făcuseră se dovedise greșită. Ofițerilor nu le-a prea convenit, dar au încercat să-și exprime regretul pentru graba lor de a-i nega temerile.

Când poliția a vizitat-o a treia oară, ofițerii au anunțat-o pe Ariel că omul fusese acuzat și de invazia unei locuințe. Ei i-au explicat și că, în acel moment, cazul se găsea în mâinile procurorului. De altfel, ei i-au explicat cum urma procesul să se desfășoare, fără însă a intra în prea multe detalii. Cu toate acestea, Ariel avea un coeficient de inteligență ridicat și putea citi printre rânduri.

Ariel văzu roșu în fața ochilor când poliția a divulgat faptul că urmăritorul ei ieșise din închisoare pe cauțiune până la data procesului. Femeia nu-și putu crede urechilor.

Polițiștii o asigurară că bărbatul nu o va mai incomoda pentru că așa ceva nu l-ar fi ajutat în timpul procesului. Ei i-au explicat că garantorul lui îl va monitoriza pe atacator constant, astfel că omul nu va fi capabil să facă nimic.

Cu toate acestea, tânăra femeie găsea dificil să le creadă cuvintele. Nu era necesar să se uite la filme de acțiune sau să citească cărți polițiste pentru a înțelege că, indiferent de existența garantorului, bărbatul va fi capabil să facă ceea ce voia.

Ariel merse chiar mai departe și verifică ce tip de pedeapsă ar primi atacatorul pentru crima sa. După aceea, ea trase concluzia că individul nu ar fi pierdut nimic dacă ar fi încălcat condițiile cauțiunii și ar fi venit după ea. Pedeapsa ar fi fost aceeași, chiar dacă Ariel ar fi sfârșit-o fiind violată sau ucisă.

Tânăra femeie era speriată de ceea ce putea să-i aducă viitorul. Atunci, începu să se gândească cam ce ar putea face pentru a se putea proteja.

În timpul întregii zile după plecarea ofițerilor de poliție, lui Ariel îi trecură prin minte tot felul de idei, dar, cu toate acestea, renunță la ele, una după alta. Din fericire avea destul timp la dispoziție să o facă.

În acea dimineață, femeia se simțise cam abătută. Când a privit afară pe fereastră, în timp ce își bea cafeaua, cenușiul cerului o deprimase și mai mult, așa că sunase la firmă să anunțe că era bolnavă.

Ariel nu crezuse că ar fi fost în stare să treacă prin rutina muncii ei de fiecare zi. De altfel, slujba ei o enerva din ce în ce mai mult și tânăra femeie se gândise să își schimbe locul de muncă de mai multe ori.

Din fericire, din cauză că rămăsese acasă, Ariel avea timpul necesar pentru a se gândi la diverse căi de acțiune în timp ce făcea curat. Faptul că nu părea să găsească o cale valabilă era cu totul altceva.

Ariel își aminti că instalase un sistem de alarmă cu câțiva ani în urmă, dar ea era o femeie practică. Știa că acel sistem nu o ajuta prea mult. Tot se găsea în pericol.

Sistemul comun de alarmă al femeii nu ar fi reprezentat cine știe ce provocare pentru cineva care știa ce să facă. Urmăritorul ei dovedise că avea aptitudinile necesare pentru a dezarma astfel de dispozitive, iar sistemul ei nici măcar nu s-ar fi dovedit ceva demn de prea mult entuziasm din partea lui.

Apoi Ariel se gândi să părăsească Toronto pentru o vreme, dar nu știa unde ar putea merge și cum ar putea organiza așa ceva. Tinerei femei îi plăcea să-și organizeze viața aproape la secundă, așa că îi era dificil să planifice o plecare în altă parte într-o perioadă extrem de scurtă.

Pentru ea vacanțele însemnau planuri făcute cu meticulozitate cu luni de zile în avans. Femeia organiza până și ieșirile în timpul acelor vacanțe de dinainte, iar așa ceva lua ore pentru a le pregăti.

Nu putea să cumpere, pur și simplu, un bilet undeva fără a fi plănuit totul în amănunțime. Ariel nici măcar nu suporta gândul că trebuia să renunțe la obiceiuri ce se dovediseră bune până în acel moment numai pentru că un maniac nu putea să uite de existența ei.

Ariel nu voia să îi ceară ajutorul lui Max din nou. Nu numai că femeia era supărată pentru că bărbatul îi ceruse să-i părăsească casa, dar și simțea că nu avea dreptul să îi mai ceară ceva.

În fond, îi spusese că nu vedea nici un viitor posibil pentru ei doi. Onestitatea ei se întorsese împotriva ei, iar femeia își increți nasul când acel gând îi trecu prin minte. Poate că ar fi fost mai bine să-și fi ținut gura închisă pentru o vreme, chiar dacă aceasta ar fi însemnat să îl amăgească pe bărbat.

Gândul de a-l aborda pe fratele ei, Alex, de asemenea, îi trecu prin minte. Cu toate acestea, tânăra femeie nu credea că ar mai fi suportat o altă respingere crasă din partea lui, așa că îndepărtă acel gând aproape imediat. Pentru a-și păstra sănătatea mentală intactă, Ariel se hotărî să nu o facă decât dacă nu găsea o altă cale.

Femeia termină de curăţit baia inclusă în dormitorul principal. După aceea, începu o curăţire în profunzime a celei de a doua băi de la primul etaj. În tot acest timp, îi veneau tot felul de idei, dar le respinse pe toate.

Ideea de a discuta acele probleme cu tatăl sau unchii ei nici măcar nu ajunse pe lista lucrurilor posibile. Ariel îi vedea ca pe nişte oameni în vârstă, chiar dacă ea însăşi recunoştea că bărbaţii nu arătau prea rău pentru vârsta lor. Cu toate acestea, femeia nu credea că aceştia ar fi fost în stare să se lupte cu un atacator agresiv. Ea, una, nu-i văzuse niciodată luptându-se şi, în marea partea a circumstanţelor, ea îi văzuse păstrându-şi sângele rece şi tactul.

Ariel se gândi la Matt şi Jay, dar ştia că aceştia nu se întorceau decât săptămâna următoare. Simţindu-se abătută, femeia îndrăzni să se gândească la Bryan, care, în mod normal, ar fi fost, de fapt, primul pe lista ei. Bărbatul avea abilităţile necesare pentru a-l confrunta pe atacator. Bryan era de asemenea soţul surorii ei, deci el s-ar fi simţit obligat să o asiste pe Ariel.

La început, tânăra femeie nu dorise să-l abordeze pe Bryan din cauza relaţiei sale cu Max. Dar, bărbatul era cea mai bună opţiune secundară, dacă Ariel nu putea conta pe Max, şi, evident, că nu putea.

Ariel terminase deja cu bucătăria când îşi dădu seama că Becka şi Bryan trebuie să se fi întors deja din vacanţa lor. Femeia fugi să îşi ia telefonul mobil de pe măsuţa de cafea pentru ca să-i sune. Se gândise că nu era încă prea târziu şi ar fi putut merge să-i viziteze în seara aceea.

Îşi luă telefonul mobil şi observă luminiţa intermitentă de pe ecran. Ochii ei se lărgiră de spaimă când Ariel îşi dădu seama că tocmai primise un alt mesaj vocal şi acesta venea tot de la un număr necunoscut.

Nu din nou, la naiba! Nu din nou, mormăi ea, iar frica o copleşi.

Femeia se cutremură de spaimă, iar telefonul îi căzu din degetele tremurătoare. Necăjită, Ariel încercă să îl prindă, dar nu reuşi. În cădere, telefonul mobil se lovi de colţul măsuţei de cafea, după aceea, îşi schimbă direcţia şi se lovi de piciorul fotoliului de lângă sofa.

Tânăra femeie tresări când o bubuitură de rău augur însoți ultima etapă a călătoriei telefonului. Gata să țipe din cauza frustrării, Ariel se aplecă peste masă să-și ia telefonul. Atunci observă crăpătura de pe ecran și un strigăt furios îi țâșni din gură.

— Asta nu e posibil, începu femeia să plângă după aceea.

La prima vedere, telefonul părea să se fi închis, iar ea încercă să-l repornească, dar nu reuși. Ariel, necăjită, își scutură capul. Nu-i venea să creadă că era atât de ghinionistă.

Preț de câteva clipe, femeia nu își putu pune gândurile în ordine pentru a decide ce să facă, ci, pur și simplu, își privi telefonul stricat. Senzația că soarta îi era pecetluită o invadă și creierul ei refuză să funcționeze.

Brusc, Ariel își aruncă privirea spre ușile franțuzești de la camera de zi. Bărbatul putea fi deja dincolo de acele uși, pregătit să vină și să o înhațe. Trebuia să facă ceva și foarte rapid.

Ariel sări imediat în picioare când își dădu seama că, dacă ar fi rămas acolo, în starea aceea de prostrație, ar fi fost o țintă ușoară pentru urmăritorul ei. După aceea, ieși în fugă din camera de zi și o porni în sus pe scări.

Teama îi dădea un nou țel și femeia se schimbă rapid într-o pereche de blugi care văzuseră zile mai bune. Purta acei pantaloni doar afară când grădinărea, dar, acum, nici măcar nu se gândi la așa ceva. Pentru prima dată în mulți ani, lui Ariel nu îi păsa cum se îmbrăca. Trase un pulover peste cap și înșfăcă prima pereche de ghete pe care îi căzură ochii. Nici măcar nu remarcă faptul că botinele nu se potriveau deloc cu puloverul.

Fugi mai apoi la parter, își înhăță geanta și cheile de la mașină de pe măsuța din holul de la intrare, iar apoi continuă să fugă spre ușa ce se deschidea spre garaj. Acolo, Ariel se opri. Nu știa peste ce urma să dea de cealaltă parte a ușii.

Ronțăindu-și buza inferioară, Ariel întoarse diverse scenarii în minte. Urmăritorul putea să o aștepte în garaj, iar în acea situație, ea s-ar fi găsit într-un pericol serios. Pe de altă parte, se putea ca bărbatul să nu fi reușit încă să scape de acea persoană care îl monitoriza. În acel caz, Ariel avea o șansă să scape de acolo.

Oricum, tot trebuie să ies de aici, trase Ariel concluzia. Nu putea rămâne în casă singură. *Am nevoie de ceva ca să mă portejez,* mustăci ea.

Femeia se gândi la cuțitele din bucătărie, dar abandonă ideea imediat. Ariel nu credea că ar fi avut curajul să înjunghie un om.

Dar sunt destul de sigură că aș putea să-l pocnesc cu ceva... Poate nu suficient de tare ca să îl ucid, dar destul de tare ca să nu mai miște după aceea, conchise ea.

Acum numai dacă ar fi putut găsi ceva care să-i fi putut servi acelui scop... Ariel își mușcă unghiile, făcând o listă în mintea ei cu obiectele ce păreau potrivite pentru așa ceva.

Trecând în revistă ceea ce avea în bucătărie, își aminti că mătușa ei Marjorie îi dăruise un făcăleț atunci când Ariel se mutase la casa ei. Marjorie sperase să o învețe pe Ariel să gătească, dar tânăra femeie se dovedise extrem de recalcitrantă când veni vorba de așa ceva.

Ariel hotărî că făcălețul reprezenta alegerea perfectă. *Pot să îl țin în mână bine pentru că are aderență bună și este și ușor de mânuit,* se gândi ea îndreptându-se spre bucătărie. *Numai de aș putea să-mi amintesc unde l-am pus,* își încreți tânăra femeie nasul, privind în jur.

Excluse imediat din căutări dulapurile suspendate. Acolo își ținea vesela, niște cutii de cereale și alte lucruri pe care le folosea zi de zi. Privirea îi coborî pe unul dintre dulapurile de jos, departe de mașina de gătit și de tejgheaua de la bucătărie.

Trebuie să fie acolo, dădu ea din cap. *Nu-mi amintesc să fi deschis acel dulap vreodată,* murmură Ariel în timp ce se grăbea să vadă dacă făcălețul se găsea acolo.

Femeia oftă de ușurare când îl găsi zăcând printre niște oale și crătiți. Îl ridică și încercă să vadă cum se simțea în mâna ei.

Mda, centrul de greutate este bun, trase ea concluzia. *Va fi bun dacă va trebui să lovesc ceva sau pe cineva cu el,* se strâmbă femeia, nu prea dornică să încerce acea teorie. Avea probleme cu stomacul numai dacă vedea pe cineva curățind interiorul unui pește. Să îi spargă capul unui om nu se afla pe lista ei de dorințe.

După aceea, Ariel fugi din bucătărie și înapoi la ușa de la garaj. Își puse urechea la ușă și își ținu respirația, ascultând cu mare atenție. Nu auzi nimic. Mulțumită, femeia deschise ușa încet. Se aplecă ușor în față pentru a verifica interiorul garajului fără a intra înăuntru.

Nimic nu părea ieșit din comun, iar Ariel împinse ușa pentru a o deschide complet. Ochii ei măturară întreaga suprafață pentru câteva clipe, iar apoi femeia alergă spre mașina ei.

Din fericire, mecanicul avusese la service ceea ce îi trebuia ca să îi repare mașina și i-o returnase cu câteva zile în urmă.

Ariel nu era o persoană religioasă, deși marea parte a familiei sale era. Cu toate acestea, spuse o rugăciune scurtă, dar sinceră, atunci când întoarse cheia în contact. Femeia se temuse că urmăritorul ei deja ajunsese la mașina ei. În acel caz, ar fi fost blocată acolo, fără mijloace de comunicare.

Cu toate acestea, motorul răsună în interiorul garajului, iar Ariel expiră zgomotos aerul pe care, involuntar, îl ținuse în piept.

Femeia deschise ușa de la garaj cu telecomanda sa, iar apoi își conduse mașina afară. Urgența de a-l vedea pe Bryan devenise imediată. Bărbatul trebuia să o ajute. Dacă era necesar Ariel îi va aminti că era sora soției lui, iar el nu ar fi avut de ales.

CAPITOLUL ȘAPTESPREZECE

Ariel își conduse mașina spre casa surorii sale la limita de viteză superioară admisă. Arunca priviri temătoare în oglinda retrovizoare tot timpul. La fiecare stop, ochii ei măturau peste oamenii din mașinile oprite în apropiere. Femeia, de asemenea, îi cerceta și pe cei aflați pe trotuare pentru că voia să se asigure că nimeni nu o supraveghea.

Traficul era destul de lejer pentru o seară de vineri, dar Ariel avea senzația că nu se mișca suficient de repede. Mânată de frică pură, femeia nu credea că va ajunge la destinația sa într-o singură bucată.

Adună-te, Ariel, bombăni ea după ce reuși să evite un accident în ultima secundă. *Ideea e să ajungi acolo, nu să aterizezi la spital sau la morgă,* se încurajă ea pe sine însăși.

Drumul spre casa surorii sale nu îi luă mai mult de cincisprezece minute, dar Ariel era deja o epavă când, în sfârșit, ajunse acolo. De obicei, s-ar fi privit în oglinda retrovizoare pentru a-și verifica machiajul și părul, dar de data aceasta, ea verifică numai dacă se afla cineva în urma ei.

Ariel își opri mașina chiar pe alee, chiar dacă ar fi putut găsi un loc de parcare disponibil în stradă. Cu toate acestea, nu voia să meargă prea mult pe jos până la ușa de la intrare. Înainte de a ieși din mașină, își luă mai întâi făcălețul, iar mai apoi geanta de umăr.

Prioritățile se schimbă, remarcă femeia cu o ridicare din umeri. *Iar oamenii spun că nu sunt suficient de adaptabilă,* pufni ea cu dispreț.

Chiar dacă nu o despărțeau decât cinci metri de scara ce ducea la ușa Beckăi, femeia nu riscă deloc și alergă într-acolo mai repede decât oricând înainte.

Ariel se opri pe ultima treaptă de sus câteva secunde pentru ca să-și tragă răsuflarea. Își apăsă mâna stângă pe mijloc, încercând să-și regularizeze respirația. Nu alergarea pe acea scurtă distanță nu era de vină pentru problemele ei de respirație, ci frica ce îi pulsa în piept și care o extenuase.

Ușa se deschise brusc în fața ei, exact când femeia se hotărâse să sune la sonerie. Cu un țipăt disperat, Ariel ridică făcălețul deasupra capului pentru a se proteja. În același timp, își închise și ochii. Un braț puternic îi interceptă arma improvizată.

— Știam că nu mă placi, dar nu m-aș fi gândit niciodată că ai vrea să-mi zdrobești creierii, spuse o voce joasă, bărbătească, ușor amuzată.

Tresărind, femeia oftă și își deschise ochii. Știa ea acea voce foarte bine și ar fi recunoscut-o oriunde. În fond, o auzise de multe ori în visele ei neliniștite de-a lungul ultimelor șaisprezece luni.

Ariel nu se înșela. Max stătea acolo, în fața ei, iar privirea lui îi cerceta chipul. În mai puțin de o secundă, umorul dispăru din ochii bărbatului. Semnele de suferință nealterată de pe chipul femeii nu lăsau loc la nici o altă interpretare, iar el știu că ceva i se întâmplase.

Cu blândețe, Max luă făcălețul din mâna ei, iar apoi o trase spre el cu tandrețe.

— Care este problema, Ariel?

Fără să se gândească, femeia se aruncă la pieptul bărbatului și izbucni în hohote de plâns. Max se strâmbă când mișcarea ei bruscă îi zdruncină brațul, dar mai apoi îi înmână făcălețul lui Bryan, care se oprise în spatele lui, și își petrecu brațul drept în jurul spatelui femeii.

— Ce naiba se petrece aici? îl întrebă Bryan pe Max, iar vocea lui suna mânioasă.

Omul o cunoștea pe Ariel de ceva vreme deja și niciodată nu o văzuse pe femeie să-și piardă controlul sau să lase o lacrimă să cadă. Cumnata lui era o femeie dură și, de obicei, ar fi arătat compasiunea și slăbiciunile unei hiene. Bryan nu se gândise niciodată că Ariel ar fi fost capabilă de emoții puternice sau că aceasta le-ar fi putut exprima prin lacrimi.

Bryan avusese conflicte cu Ariel de câteva ori în trecut. Femeia ura căsătoria lui cu sora sa și niciodată nu făcuse un secret din acel fapt. Ea considera că bărbatul aparținea unei clase sociale mult mai joase. Tânăra femeie spusese, și nu numai o dată, că Bryan nu putea fi privit altfel decât ca un tâlhar.

Într-adevăr, Ariel și Bryan avuseseră dezacordurile lor. Cu toate acestea, asta nu însemna că bărbatul nu simțea un soi de responsabilitate față de ea. Femeia era sora soției sale, iar Bryan adoptase acea familie ca a lui în momentul în care își promisese inima Beckăi.

Ariel se ascunse și mai mult la pieptul lui Max, iar acesta își scutură capul spre Bryan, cerându-i pe mutește să oprească întrebările pe moment.

— Hai să mergem în casă, propuse Max, iar Bryan, cu o ușoară aplecare a capului, se dădu la o parte pentru a-i lăsa să treacă pe lângă el.

Bărbatul așteptă ca Max să o conducă pe femeie în casă, iar apoi închise ușa în spatele lor. Gesticulă cu mâna în direcția bucătăriei, iar Max o conduse pe Ariel acolo.

Becka ieși din biroul ei, curioasă să vadă ce se petrecea. Hohotele de plâns ale surorii sale o făcuseră să uite de organizarea materialelor pe care le pregătea pentru noul ei semestru la universitate.

— Ce s-a întâmplat? întrebă Becka cu uluire în glas.

Femeia niciodată nu o văzuse pe Ariel plângând în acel fel. Nici măcar atunci când Eric se dovedise a fi un broscoi râios, sora sa nu hohotise în așa hal.

— Hai să vorbim în bucătărie, propuse Bryan și îi luă mâna soției într-a lui, trăgând-o după el.

Când cuplul intră în bucătărie, cei doi observară că Max deja o ajutase pe Ariel să ia loc. Acum, bărbatul îi îndepărta șuvițele bretonului de pe chipul ud, șoptindu-i cuvinte liniștitoare în ureche.

Bryan o împinse pe Becka în fața lui, invitând-o să ia loc. Femeia se așeză pe un scaun vizavi de sora sa, iar mai apoi, bărbatul așeză făcălețul pe masă și se holbă la el cu uluire.

— Un făcăleţ, Ariel? întrebă el, iar neîncrederea din tonul său era de neconfundat. Serios? exclamă el.

Deja Ariel se calmase puţin. Femeia ridică din umeri şi îşi şterse faţa cu dosul palmelor.

— Acesta a fost singurul lucru la care m-am putut gândi, mărturisi ea. Puteam alege unul dintre cuţite, dar ştiam că nu aş fi fost în stare să-l folosesc, îi răspunse femeia.

Bryan îşi scutură capul, nu foarte sigur că a înţeles vorbele ei aşa cum trebuia.

— Bine, hai să încercăm un alt gen de întrebare, oftă omul. De ce ai nevoie de un făcăleţ? Nu pot crede că doreai să-i tragi una lui Max peste cap pentru că nu aveai de unde să ştii că era aici, sublinie Bryan.

— Evident că nu vreau să îi fac rău lui Max, strigă Ariel, ofensată. De ce aş vrea să îl rănesc? Doar pentru că este un ticălos atunci când vrea? crescu volumul vocii ei cu câteva octave, iar femeia imediat se crispă, dându-şi seama că se transformase într-o scorpie.

Expresiile de pe chipurile celorlalţi întăreau, de altfel, acea impresie.

— Cum se face că eu sunt ticălos? interveni Max supărat când îi auzi cuvintele.

— M-ai aruncat afară din casa ta, strigă Ariel, ţintind un deget spre el acuzativ, iar sprâncenele Beckăi se arcuiră sus pe fruntea ei.

Ariel era rapidă la furie, dar, de obicei, păstra o faţadă glacială. Nu ar fi strigat ca *un om de rând,* după cum ar fi etichetat ea însăşi acel comportament.

— Aceea e o poveste pe care trebuie să o aud, îi şopti Becka lui Bryan.

Max nu părea să fie genul de bărbat care ar fi aruncat o femeie afară pe uşă.

Soţul ei îi strânse mâna şi dădu din cap.

— Şi eu vreau, îi şopti şi el soţiei sale. Dar, hai să fim răbdători pe moment, o îndemnă el Becka.

După aceea, își întoarse privirea spre Max, care, încruntat, o privea pe Ariel fix, cu reproș.

— Ai ceva să-mi spui, Max? îl întrebă Bryan liniștit pe prietenul și partenerul său.

— Posibil, ridică omul un umăr fără să-și ia ochii de la Ariel.

— De ce numai *posibil?* accentuă Bryan cuvântul pe un ton dur, fixându-l și el pe Max, la rândul lui, cu privirea.

— Depinde de Ariel, explică bărbatul, arătând cu bărbia spre tânăra femeie. Ea decide ce pot să-ți spun, continuă el, privind-o în continuare fix pe Ariel să vadă ce voia aceasta ca el să facă.

Ariel îl aținti și ea cu privirea preț de câteva clipe, iar apoi aprobă cu o înclinare a capului.

— Cred că e mai bine să-i spui ce s-a întâmplat. După aceea, o să adaug eu restul, spuse ea cu resemnare în glas.

— Restul? strigă Max mânios, ridicându-se și aplecându-se asupra ei amenințător. Ce altceva s-a mai întâmplat? Spune-mi.

Ariel oftă și își scutură capul.

— Hai să o luăm cronologic, îl rugă ea. Tu îi spui lui Bryan ce s-a întâmplat mai înainte, iar apoi, vă spun eu ce s-a petrecut azi, femeia propuse un compromis.

Buzele bărbatului se subțiară, iar acesta își încleștă pumnii pe șolduri. Evaluă trăsăturile femeii pentru câteva clipe, iar apoi se întoarse spre Bryan.

Max le povesti Beckăi și lui Bryan tot ce se petrecuse din momentul în care a răspuns la apelul lui Ariel. Le oferi toate detaliile sordide, inclusiv ale ultimei discuții dintre el și Ariel.

Becka și Bryan ascultară în tăcere, deși reacțiile lor la povestea bărbatului se vădiră foarte diferite. Ochii femeii se lărgiră, iar buzele i se desfăcuseră din cauza șocului. Bryan se controlă mai bine, dar linia rigidă a umerilor lui îi trădau furia.

Când Max ajunse la motivul certii lui cu Ariel, Becka își scutură capul, nevenindu-i să creadă.

— Oh, Dumnezeule, Ariel! Doar nu crezi că buni, pur și simplu, îți va înmâna banii, exclamă femeia.

Aceasta nu știa ce să creadă despre declarația surorii ei cum că numai dragostea pentru bani conta.

— S-ar putea să o facă, răspunse Ariel cu flăcări în ochi. Tu i-ai refuzat, la fel și Matt. Rebecca nu le va da nimic lui Jay și Lily, așa că pare destul de rezonabil că s-ar putea să aleagă pe cineva care îi respectă dorințele, explică femeia. Ca mine!, trase ea concluzia, îndreptându-și vârful degetului său mare spre propriul piept.

— Hai să nu mai discutăm despre acest aspect, îi atinse Bryan mâna soției lui pentru a o opri să continue acea discuție.

Becka părea destul de înfierbântată pentru a fi capabilă să-și jumulească sora.

— Ariel este îndreptățită să aibă propriile ei opinii, bărbatul dădu din cap spre tânăra femeie. Ce credem noi despre acestea, nu are importanță.

— Așa este, îi aprobă Ariel cuvintele. Este viața mea și sunt alegerile mele, sublinie ea, lovind masa cu vârful degetului.

— În regulă atunci, încercă Bryan să o calmeze. Hai să vorbim despre acest urmăritor al tău, propuse el, îndreptându-și privirea lui gravă asupra lui Ariel. Înțeleg că a fost arestat.

— Da, în noaptea aceea, răspunse Max, strângându-i mâna lui Ariel. Poliția s-a ocupat de el.

— Nu e chiar așa, interveni Ariel, scuturându-și capul.

— Ce vrei să spui? își întoarse Max ochii asupra ei. A fost arestat. Doar eram acolo. Am văzut, insistă bărbatul, fluturându-și mâna dreaptă în cercuri largi pentru a da mai multă credibilitate cuvintelor sale.

— Da, a fost arestat atunci, dădu Ariel din cap. Și totuși, după aceea a fost eliberat pe cauțiune. Poliția m-a informat în legătură cu asta astăzi, îi spuse ea.

— Cum naiba a putut fi eliberat pe cauțiune după ce a comis o astfel de crimă? sări Max de pe scaunul său.

Bărbatul nu putea crede că urmăritorul era liber să se miște în jur și să facă orice dorea.

Ariel ridică din umeri.

— Nu știu cum, dar știu că e liber. În după-masa aceasta, am primit un alt mesaj, spuse ea pe o voce pierită.

Max scrâșni din dinți, iar o cută adâncă se formă între sprâncenele sale. Întinse mâna și prinse mâna subțire a lui Ariel, strângând-o cu putere. Un strigăt zbură de pe buzele femeii, iar bărbatul se scuză pe un ton liniștit, eliberându-i degetele de sub presiune.

— Mai bine am asculta acel mesaj, interveni Bryan.

Deși aprecia reacția prietenului său, nu dorea ca furia bărbatului să escaleze. Știa că Max era capabil să își controleze temperamentul, dar nu fusese niciodată martor la ce ar fi putu omul să facă atunci când femeia pe care o iubea era în pericol. Bryan prefera să nu afle încă.

— Nu putem, spuse Ariel pe un glas morocănos.

— Și de ce nu? întrebă Max pe un ton tăios, iar privirea lui neagră se întoarse spre ea cu reproș.

Tânăra femeie își întoarse ochii spre fața de masă și își trase mâna din strânsoarea bărbatului. Apoi, își împături mâinile în poală, în-lănțuindu-și degetele.

Nimeni nu spuse nimic timp de aproximativ un minut, până ce Max, care nu mai putea suporta suspansul, îi atinse brațul femeii.

— Ariel, ce s-a întâmplat cu mesajul?

Tânăra femeie nu îi răspunse imediat, ci se foi câteva clipe pe loc.

— Haide, nu poate fi chiar atât de rău, îi smulse Max una din mâini din poală pentru a o face să iasă din acea stare.

— M-am speriat, e bine? se răsti ea la el.

— Asta este de înțeles, interveni Bryan pe un ton liniștitor. Deci ce s-a petrecut, Ariel?

— Mi-a căzut telefonul din mână, începu ea să plângă. S-a pocnit de colțul mesei de cafea și, apoi, a zburat în piciorul de la fotoliu unde s-a zdrobit. Nu-l mai pot folosi, spuse femeia cu un scâncet în voce.

— Atâta timp cât ai cardul SIM, putem să-l punem în alt telefon mobil, îi explică Max femeii. Deci putem asculta acel mesaj vocal, concluzionă el cu satisfacție în glas.

— Numai dacă te duci la mine acasă și aduni bucățile de pe covor, îi răspunse Ariel, ridicându-și o sprânceană.

— Probabil că asta o să și facem, dădu Bryan din cap, cufundat în gânduri. Este mai bine să știm ce spune acel mesaj vocal, continuă el, aruncându-i o privire lui Max, care aprobă procesul de gândire al omului.

— Și cu mine cum rămâne? întrebă Ariel, privind de la un bărbat la celălalt.

— Ce vrei să spui? se încruntă Max.

— Eu unde intru în planurile voastre? clarifică ea.

— Bineînțeles că vom avea grijă de tine, se răsti Max. Doar nu îți imaginezi că te vom lăsa să faci față de una singură persoanei acelea bolnave psihic, se încruntă el la ea, punându-i inteligența sub semnul întrebării.

O femeie inteligentă ar fi știut că ei nu ar fi lăsat-o să lupte de una singură.

— Nu știu ce să-mi imaginez, i-o întoarse Ariel. Fratele meu nu poate fi deranjat cu existența mea. Tu te răstești la mine când refuz să am o relație cu tine..., începu ea să facă sumarul tuturor problemelor sale când Becka o opri.

— Alex poate fi o broască râioasă uneori, Ariel. Asta este adevărat. Ai trecut printr-o perioadă dificilă și încă nu s-a terminat. Dar, nu poți pune furia lui Max în aceeași categorie cu a celorlalți. El a încercat să te ajute, și-a împărtășit speranțele cu tine, iar tu, pur și simplu, i-ai aruncat totul înapoi în față, femeia sublinie, ridicându-și vocea.

— Tu ești sora mea, Ariel o străpunse pe Becka cu privirea. Ar trebui să fi de partea mea.

— Sunt de partea ta atunci când ai dreptate, își scutură Becka capul. Nu îți voi lua partea atunci când te comporți cu același grad de empatie pe care ți l-a arătat Alex ție, o dojeni ea pe Ariel, care se înroși de jenă.

Max își puse mâna pe umărul femeii și o strânse cu blândețe.

— Nu te teme, Ariel. Nu contează ce s-a întâmplat, o asigură el. Înțeleg pe ce poziții ne găsim, așa că e totul bine, continuă bărbatul.

Brusc, rușinată de ieșirea ei, Ariel își întoarse privirea. Bryan își scutură capul la soția sa pentru a curma orice alte comentarii pe care aceasta le-ar mai fi avut.

— În regulă, spuse el. Trebuie să ne gândim la un plan, Max. Dacă individul acela este liber pe cauțiune și deja a încercat să o contacteze pe Ariel, trebuie să găsim o cale să o protejăm.

— Da, nu-l putem lăsa pe individ să se apropie de ea, se arătă Max de acord, trecându-și degetele prin părul femeii. Vom găsi noi o cale, Ariel. Nu e nevoie să îți faci griji, îi promise el.

Tânăra femeie dădu din cap, dar nu își ridică ochii de la mâinile ei. Lui Ariel îi plăcea atingerea bărbatului. Se simțea bine. Se temea însă că bărbatul ar fi putut citi plăcerea din ochii ei, iar Ariel nu voia să îi încurajeze speranțele pe care probabil le nutrea.

Pur și simplu, Ariel nu îi putea oferi ceea ce el voia. Avea planurile ei și nu voia să le lase să se ducă pe apa Sâmbetei.

— Mai întâi, ar trebui să contactăm poliția pentru a-i anunța că individul a încălcat condițiile cauțiunii, propuse Bryan, iar Max se arătă de acord cu el printr-o înclinare a capului. Vor începe să îl caute, iar noi ne vom ocupa de restul.

— Să sperăm că garantorul deja i-a informat, interveni Max. Poate că deja au început cercetările. O dată ce vor pune mâna pe el, individul nu va mai putea obține o altă cauțiune, iar Ariel va fi la adăpost de el, observă bărbatul. Cel puțin, așa știu eu, ridică el din umeri.

— Ai dreptate, aprobă Bryan evaluarea făcută de prietenul său. Cred că ar trebui să le cerem părinților tăi să mai țină copiii vreo câteva zile, se întoarse el spre soția sa.

Becka îl privi interogativ, ridicându-şi sprâncenele.

— Ştiu că deja am abuzat de dorinţa lor de a se îngriji de copii, dar ar fi mai bine să nu avem copiii aici pentru moment. Nu putem ştii dacă nu cumva individul nu a urmărit-o pe Ariel aici, îi explică el.

Becka nu mai aşteptă ca el să mai spună ceva, ci se repezi pe lângă el imediat pentru a ajunge la telefon şi a-i suna pe părinţii săi.

— Nu e nici o grabă, iubito, încercă Bryan să o asigure, dar femeia îi respinse cuvintele cu un gest şi se grăbi afară din bucătărie pentru a-i suna pe părinţii săi.

— Te-ai gândit bine, se arătă Max de acord cu Bryan. Acum nu ştiu ce fel de sisteme de alarmă ai aici, spuse bărbatul, aruncându-şi ochii prin bucătărie, de parcă ar fi putut verifica sistemul în acel fel. Tipul ăsta ştie multe despre cum să dezarmeze o alarmă, îl preveni el pe Bryan. Atacatorul a reuşit să treacă de două din sistemele mele de acasă. Din fericire, am şi senzori de mişcare, şi din cauza lor am ştiut că mi-a pătruns în casă.

— Nu am dat cine ştie ce atenţie sistemului de alarmă de aici, îi răspunse Bryan apologetic.

După aceea, bărbatul îi aruncă o privire directă lui Ariel, numai pentru a se întoarce din nou spre Max.

— Nu m-am gândit că va fi necesar. Probabil ar fi mai bine dacă Ariel ar sta la tine acasă pentru o vreme şi, dacă nu ar fi prea mare deranjul, am putea veni şi noi acolo, îl rugă bărbatul pe Max. Dacă individul a urmărit-o pe Ariel, ar putea încerca să intre aici, explică Bryan. Nu aş vrea ca Becka să fie expusă la nici un fel de pericol. Şi, în afară de aceasta, fiind noi doi, am avea mai multe şanse să îl anihilăm pe individ. Să nu uităm că tu nu ai decat un braţ sanatos pentru luptă, sublinie Bryan, arătând cu bărbia spre braţul stâng al lui Max.

Bărbatul observase că prietenul său îl mişca cu ceva dificultate.

— Bineînţeles că nu mă deranjează, îl asigură prietenul lui şi pe el şi pe Ariel. Chiar mă gândeam la acelaşi lucru. Ariel ar fi mai protejată în casa mea, chiar dacă urmăritorul a învăţat deja cum funcţionează sistemele de alarmă. Iar tu și Becka sânteți mai mult decât bineveniți să stați la mine acasă, spuse Max, privind de la Ariel spre Bryan și înapoi.

— Sper să o conving pe Becka să se mute cu părinții ei pentru câteva zile, spuse Bryan pe un ton coborât de voce pentru ca soția lui să nu îl audă din cealaltă încăpere. Nu aș vrea să o pun în calea pericolului, îi explică el lui Ariel, care cu o mișcare a capului îi arătă că înțelege.

— Îți urez noroc cu chestia aia, se auzi vocea Beckăi din ușă. Dacă tu crezi că mă voi duce și mă voi ascunde sub patul părinților mei, atunci ți-ai făcut cu adevărat iluzii, îl fulgeră ea cu o privire nimicitoare.

Bryan oftă profund. Ochii săi se întoarseră spre soția sa și bărbatul își scutură capul morocănos.

— Mda, știam eu că nici rugăciunile nu m-ar ajuta să te conving să stai la adăpost, îi spuse el Beckăi. Sunt din ce în ce mai convins că ești dependentă de adrenalină, iubito, adăugă bărbatul.

— Și ce? ridică Becka din umeri. Ceea ce e nevoie să știi e că noi doi sântem o echipă și că nu voi fi niciodată de acord să te las să-ți riști pielea dacă nu voi fi alături de tine.

— Asta înseamnă că pielea mea nu contează atâta timp cât tu nu ești prezentă să fi martoră la demiterea mea? comentă bărbatul cu un zâmbet subțire pe buze.

Ariel privea curioasă de la sora sa la cumnatul ei. Rareori îi văzuse să se implice într-o dispută și acum nu știa ce să creadă.

La rândul său, Max pretindea că studia tavanul cu mare atenție. Nu avea nici o dorință să intervină între cei doi. Bărbatul considera că erau momente când era mai bine să-ți ții nasul departe de oala altor oameni.

Becka îi plesni umărul soțului ei.

— Pielea ta contează destul de mult, dar nu va mai valora prea mult dacă vei încerca să mă scoți din ecuație, îl avertiză ea, iar Bryan rânji.

Omului îi plăcea când femeia se transforma într-o tigroaică neîmblânzită.

— Nu fii insolent, îl sfătui ea. Ne-am căsătorit unul cu celălat la bine și la rău. Eu, una, aș vrea să îmi țin partea mea din promisiunea aceea, își ridică ea nasul cu înfumurare.

— Asta este... foarte etic din partea ta, spuse Bryan pentru că nu știa cum să îi răspundă.

Bărbatul aprecia franchețea și fidelitatea femeii. Cu toate acestea, lui Bryan i-ar fi plăcut atitudinea Beckăi și mai mult dacă soția sa ar fi acceptat să se facă nevăzută din ecuație când circumstanțele erau atât de înspăimântătoare.

Becka se încruntă și își propti mâinile pe șolduri. Se îndoia ea că vorbele soțului ei reprezentau un compliment și femeia părea gata să explodeze.

Max consideră că timpul pentru a-și ține nasul afară din oala lor trecuse deja de ceva timp, așa că interveni în conversația lor.

— Hai să ne concentrăm pe problema pe care o avem, oameni buni. Pot să vă asigur că urmăritorului i-ar place micul nostru spectacol de aici pentru că astfel el ar deține toate atuurile, îi avertiză bărbatul.

— Ai dreptate, oftă Becka. Oricum, s-a decis deja. Unde merge Bryan, acolo merg și eu, își îngustă ea ochii și își înclină capul, provocându-l pe soțul ei să o contrazică.

— Corect, lovi Bryan masa cu palma. Hai să trecem la afacei, spuse el și, cu un gest, își invită soția să ia din nou loc pe scaun.

— Eu spun că Ariel ar trebui să sune la poliție mai întâi, îi aruncă el o privire tinerei femei, care îl aprobă cu o înclinare a capului. Ai numerele de telefon ale ofițerilor de poliție scrise altundeva în afară de lista de contacte din telefonul tău mobil? o întrebă el.

— Am cartea lor de vizită în geantă, spuse Ariel și începu să caute prin geantă.

Nu îi luă mult să găsească cartea de vizită. Ariel era în primul rând obsedată de ordine și fiecare lucru avea un loc special în geanta ei.

— Bun, spuse Max. Uite aici telefonul meu mobil, i-l înmână el lui Ariel. Sună acum la poliție. În felul acesta, putem spune că am terminat cu chestia asta, o invită el, după ce introduse codul de acces pe claviatură. Poate că ar fi mai bine dacă le-ai spune că ne îndreptăm spre casa ta acum, își ridică Max ochii la Ariel. Nu vrem să petrecem prea mult timp acolo și nu cred că e o idee bună să îi chemăm la mine acasă, explică bărbatul.

— Ai dreptate, aprobă Ariel dând din cap și apoi începu să formeze numărul de telefon pe care unul dintre ofițeri i-l dăduse chiar în acea zi.

— Când termină cu apelul, va trebui să discutăm restul detaliilor, își întoarse Max ochii spre Becka și Bryan, care dădură și ei din cap în deplin acord cu el.

După ce s-a făcut conexiunea telefonică, Ariel explică ce se întâmplase. Oamenii din bucătărie auziră doar partea ei de conversație, dar înțeleseră că aceasta aranjase să se întâlnească cu ofițerii de poliție la ea acasă.

— Nu pot veni chiar imediat, îi avertiză Ariel. Ofițerul a spus că le va lua probabil o oră până ce vor ajunge acolo, le explică ea, iar teama i se reflectă în ochi.

— Sântem patru persoane, o asigură Max. Ne putem descurca. Sunt sigur că putem, își aruncă bărbatul privirea spre ceilalți, iar atât Becka cât și Bryan îi aprobară cuvintele cu o clătinare a capului.

CAPITOLUL OPTSPREZECE

Max îi convinse să meargă şi să ia telefonul lui Ariel de la ea de acasă imediat. Astfel, ar fi avut timp să verifice mesajul vocal pe care urmăritorul ei i-l lăsase înainte ca poliţia să sosească.

Într-un fel, Max nu prea mai avea încredere în poliţie după ce auzise că atacatorul reuşise să obţină cauţiunea. Bryan subliniase că nu era vina poliţiei că individul ieşise din închisoare, dar Max nu vrusese să asculte argumentele lui.

Oricum, toată lumea se arătă de acord cu propunerea lui. Becka şi Bryan au înţeles că nu îl puteau convinge pe Max, iar Ariel s-a gândit că aşa ar fi avut timp să îşi strângă câteva haine. Nu putea petrece câteva zile acasă la Max numai într-o pereche de blugi şi un pulover.

Ariel de asemenea insistase să-şi făcăleţul cu ea acasă. Cu toate acestea, ceilalţi au privit-o de parcă îşi pierduse minţile.

— Nu ştiam că eşti atât de pasionată de copt, spuse Becka pe un ton uluit.

În afara mătuşii Marjorie, nici unuia din familia lor nu-i plăcea să gătească. Evident, dacă nu considera oamenii care se alăturaseră familiei în urma căsătoriei. Becka întotdeauna susţinuse că gena gătitului îi ocolise clanul.

— Eu nu coc, o corectă Ariel pe un ton de sus, considerând că presupunerea Beckăi o jignea. Cu toate acestea, acest făcăleţ este al meu. Mai mult decât atât, cred că este cea mai bună armă din arsenalul meu, le explică ea celor trei oameni.

— Nu este cumva singura armă din arsenalul tău? îi şopti Max în ureche, iar Ariel se strâmbă, înţelegând validitatea părerii bărbatului.

— De asta este și cea mai bună, sublinie ea, luând făcălețul și pornind-o spre holul ce conducea spre ușa de la intrare. Nu veniți? privi femeia înapoi spre ei, cu o sprânceană curbată sus pe frunte.

Cei trei se grăbiră în urma ei, fiecare încercând să-și controleze amuzamentul. Ariel se dovedea amuzantă atunci când reacționa atât de obișnuit, dar și neobișnuit, în același timp.

— Fie s-a schimbat, fie i-ai făcut tu vrăji, îi spuse Bryan lui Max sotto voce.

Max pufni. Bărbatul își scutură capul și își flutură mâna dismisiv.

— Nu cred că poate cineva să o schimbe pe această femeie, îi șopti și el la rândul său lui Bryan. Ariel are încăpățânarea unui asin. De asemenea, are mersul unui păun, plin de importanța penajului său, adăugă Max.

Ariel se întoarse spre ei cuprinsă de furie.

— Despre ce naiba vorbești? strigă ea la Max. Asta este ceea ce gândești tu despre mine? îl întrebă femeia, iar tonul vocii ei denota că fusese rănită.

— S-ar putea să nu mă fi exprimat corect, încercă Max să o liniștească. Ceea ce am vrut să spun este că tu nu iei în considerare părerile și ideile nimănui, ci doar pe ale tale. De asemenea, consider că ai impresia că te afli deasupra noastră, niște bieți muritori, îi explică bărbatul, privind drept în ochii verzi, furtunoși, ai femeii.

Max nu intenționa să o rănească sau să o supere pe Ariel. Cu toate aceasta, femeia mărșăluise peste toate emoțiile lui cu o săptămână în urmă. Efectiv, aceasta îi călcase în picioare sentimentele și speranțele. În consecință, bărbatul nu credea că Ariel avea dreptul să se aștepte să nu fie judecată pentru îngustimea ei în opinii.

Sentimentele lui pentru ea nu dispăruseră numai pentru că Ariel nu îi răspunsese la ele. Dar, bărbatul nu considera că iubind-o însemna să nu vadă că femeia avea multe defecte. Așa ceva nu era dragoste. Era doar orbire conștientă.

Ariel icni exasperată și cu pași apăsați se îndreptă spre ușa de la intrare. Acolo se opri, temându-se de ceea ce o aștepta dincolo de ușă.

Max îi observă ezitarea și o împinse delicat la o parte, deschizând ușa și ieșind primul. Bărbatul îi întinse mai apoi mâna lui Ariel, care își puse mâna ei mică în a sa și îl urmă.

Becka îl înghionti pe soțul ei, îndreptându-și bărbia spre cupul din fața lor, iar Bryan dădu din cap. Cu toate acestea, nu se simțea prea confortabil cu evoluția lucrurilor.

Bărbatul deja trăsese concluzia că Ariel era o fată pentru care partea materială conta. Nu se aștepta ca femeia să își schimbe părerile numai pentru că încerca unele sentimente pentru Max. Era evident că avea sentimente pentru el, dar aceasta nu însemna că femeia le și va lua în considerare în acțiunile ei.

Max propuse să se înghesuie cu toții în SUV-ul său și să lase celelalte mașini în garajul lui Bryan. Toți îi îmbrățișară propunerea și parcară mașina lui Ariel lângă a lui Bryan.

După aceea, Max insistă să conducă el, în ciuda argumentelor lui Ariel împotriva acelei acțiuni. Cu toate acestea, bărbatul învățase să trăiască cu durerea din brațul său în cursul ultimei săptămâni. Știa că putea conduce mașina.

Max câștigă acea bătălie și îi dovedi lui Ariel că se înșela. Bărbatul putea manevra volanul cu competență, chiar dacă, din când în când, o durere ascuțită îi străpungea brațul.

Din locul ei din spate, Ariel îl privea pe Max pe sub gene. O șuviță de păr întunecat căzuse și îi acoperea jumătate din față, iar femeia abia de se abținea să nu se întindă pentru a o da la o parte. Nu putea, însă, să-și contrazică propriile cuvinte cu acțiuni.

Mai mult decât atât, ceilalți ar fi crezut că aceasta își pierduse mințile din cauza stresului în care trăia. Lui Ariel niciodată nu îi surâsese să fie văzută ca o ființă slabă.

Și totuși, Ariel decise să profite de reuniunea temporară și să îl privească pe Max după pofta inimii ei. Astfel, i-ar fi memorizat trăsăturile pentru mai târziu în viață. Dacă tot se presupunea că își va petrece viața singură, cel puțin ar fi putut să își umple sertarul cu memorii atunci.

Când Max opri mașina în aleea de lângă casa lui Ariel, groaza femeii începu să crească. Femeia nu avea un sentiment prea bun despre acea acțiune.

Tânăra femeie aruncă propriei sale case o privire plină de teamă. Ariel nu voia să pună piciorul în casă. Femeia își scutură capul pentru a și-l limpezi. În fond, iubise acea casă ani de zile și nu simțise așa ceva de când o cumpărase.

Ariel ieși din mașină, dar nu o porni spre treptele ce conduceau spre ușa de la intrare.

— Nu-ți fie teamă, îi șopti Max în ureche, prinzându-i cotul în căușul palmei. Sunt aici. Iar Becka și Bryan sunt și ei aici. Nu ești singură, insistă bărbatul într-un murmur persuasiv.

Ariel dădu din cap, chiar dacă cu oarecare ezitare, iar apoi îi permise bărbatului să o conducă spre ușa de la intrare.

— Dă-mi cheia, Ariel, îi ceru Max.

Ariel mută făcălețul sub braț, iar apoi pescui cheile din geantă. După aceea, se gândi dacă să îi înmâneze cheile lui Max. Fură o privire spre ochii bărbatului rapid, iar mai apoi își întoarse ochii spre pământ. Chipul acela avea puterea să-i slăbească determinarea, iar femeii nu-i plăcea acel lucru.

CAPITOLUL NOUĂSPREZECE

Dă-mi cheile, îi ceru Max lui Ariel, întinzându-și mâna.

Femeia îi înmână cheile, iar bărbatul descuie ușa de la intrare. O deschise și așteptă o secundă, ascultând cu atenție pentru a surprinde orice zgomote ce veneau dinspre interior.

În graba ei de a părăsi casa, Ariel uitase să lase lumina aprinsă. Holul de la intrare era întunecat, iar femeia tremură aproape imperceptibil.

Max o mângâie pe braț și intră primul. Gestul lui o încurajă pe Ariel, iar femeia îl urmă imediat.

Brusc ușa se închise în spatele ei cu o bubuitură. Îl lovi cu forță în față pe Bryan, care venea chiar după ea. Bărbatul se prăvăli în spate, lovindu-se de soția sa, care strigă de spaimă, dar nu reuși să îi oprească căderea.

Amândoi ajunseră grămadă la baza scării. Bryan rămase nemișcat pe aleea de beton din cauza loviturii sălbatice pe care o primise în față.

Becka era conștientă, dar nu o ducea mai bine decât soțul ei. Greutatea bărbatului deasupra corpului ei îi furase răsuflarea. Femeia rămase fără aer și icni. Preț de aproape două minute, aceasta încercă să tragă aer în piept și să-și elibereze trupul de sub al lui Bryan.

Când, în sfârșit, reuși să iasă de sub el, Becka se așeză în șezut câteva momente, respirând cu greutate. Totul o durea, dar femeia nu credea că-și rupsese nimic.

Becka își reveni curând, iar apoi se aplecă asupra soțului ei, temându-se că acesta avea o contuzie. Bărbatul nu mișcase nici măcar o dată, chiar dacă ea îi auzea respirația superficială.

— Haide, Bryan, deschide-ți ochii, îl plesni Becka peste față cu blândețe, iar accentele de panică îi colorau vocea.

Femeia aruncă o privire fugară spre uşa de la intrare a lui Ariel, dar mai apoi îşi scutură capul. Pe moment, trabuia să vadă ce putea face pentru Bryan. Femeia spera doar că Max va avea grijă de Ariel pentru că Becka nu s-ar fi iertat pe sine însuşi dacă sora sa ar fi fost rănită în timp ce ea se ocupa de soţul său.

Becka încercă să îl zguduie pe Bryan, dar bărbatul era prea masiv pentru ca ea să aibă succes în încercarea ei. Lacrimile începură să îi curgă pe faţă, iar femeia îşi imploră soţul să se întoarcă la lumea reală. Acum, se temea că Bryan, probabil, a fost rănit serios şi avea nevoie să ajungă la spital.

DE CEALALTĂ PARTE A uşii închise, o lovitură în cap îl aruncă pe Max într-unul dintre pereţi. Bărbatul căzu pe podeaua acoperită de gresie, gemu, iar apoi îşi scutură capul, încercând să îşi dea seama de ce se petrecea în jur.

Max se simţea ameţit, iar ceaţa din capul lui nu îl ajuta prea mult. Cu toate acestea, durerea din braţul rănit nu îi permise să îşi piardă cunoştinţa, iar el, unul, îi era recunoscător pentru asta.

Bărbatul se întrebă ce i se întâmplase lui Ariel, iar gândul că femeia putea fi în pericol serios îl ajută să se ridice în picioare.

Întunecimea coridorului nu prea conta pentru el în acel moment pentru că oricum nu-şi putea concentra privirea pe nimic. Max ascultă cu intensitate pentru a percepe cel mai mic zgomot, dar nu auzi nimic.

Deodată, auzi o foială de undeva din dreapta sa, iar mai apoi, străgătul ascuţit al lui Ariel îl înjunghie drept în inimă.

Max îşi încleştă pumnii şi îşi dezveli dinţii. El ar fi trebuit să o protejeze pe femeie, dar, în schimb, căzuse după prima lovitură primită în bărbie.

Bărbatul se grăbi spre zona de unde venea zgomotul şi se regăsi în camera de zi. O rază de lumină rătăcită, venind de la lampadarul de afară, îmblânzea obscuritatea încăperii, iar Max reuşi să zărească un bărbat care se lupta cu Ariel. Acea imagine îi transformă sângele în gheaţă.

Individul îşi înfipsese degetele în părul lui Ariel, trăgându-i capul spre spate. În acelaşi timp, se lupta cu ea, încercând să-i smulgă făcăleţul din mână.

Judecând după faţa omului, Ariel deja reuşise să-l pocnească cu acel făcăleţ. Probabil că bărbatul respinsese lovitura în cea mai mare parte, dar partea laterală a feţei lui şi bărbia purtau urme de sânge, iar semnul unei vânătăi viitoare apăruse deja pe pometele lui stâng.

Max se repezi să o ajute pe tânăra femeie. Exact când îl trase pe bărbat spre el, acesta reuşi să îi smulgă femeii făcăleţul din mână, sucindu-i acestia încheietura cu acţiunea sa. Ariel urlă de direre, iar Max văzu roşu în faţa ochilor.

Atacatorul aruncă făcăleţul afară în grădină prin ferestrele franţuzeşti. Puterea lui o uluia şi o şi înspăimânta pe Ariel, care îngheţase pe locul unde se afla.

Max nu se obosi să se uite în direcţia în care zburase făcăleţul, deşi auzi zgomotul făcut de sticla spartă. El îl trase pe intrus spre el şi departe de Ariel, iar apoi îşi plantă pumnul în gura lui.

Salivă şi sânge ţâşniră din gura omului, iar strigătul lui furios răsună în încăpere. Bărbatul răspunse pe măsură, iar ferocitatea loviturii lui îl împinse pe Max câţiva paşi în spate.

— Fugi afară de aici, urlă el spre Ariel în timp ce încerca să îşi regăsească echilibrul.

Bărbatul observase ochii sticloşi ai femeii holbându-se la ei doi şi înţelese că aceasta era în şoc.

— Pleacă de aici, Ariel, strigă el cu mai multă putere, iar de data aceasta, femeia îşi scutură capul pentru a şi-l limpezi şi se uită spre el. Afară, acum, strigă Max din nou, iar mai apoi contracară un pumn ţintit spre faţa sa.

Invadatorul era un bărbat masiv, care punea multă forţă în spatele loviturilor sale. În afară de aceasta, Max descoperi că individul avea și ceva antrenament în luptă, iar acel antrenament depășea nivelul de bază.

Max era bun în meseria lui, dar știa el că greutatea juca un rol decisiv în luptă. De aceea, luptătorii nu se luptau cu oameni din clase de greutate diferite.

Cu toate acestea, Max conta pe experiența sa pe care o câștigase nu numai pe saltea, dar și de-a lungul misiunilor de salvare pe care le executase în jurul lumii, așa că avea un oarecare avantaj.

Dar, în același timp, Max știa și că brațul său stâng nu îl va ajuta prea mult și spera ca individul să nu-și amintească cât de grav îl rănise data trecută. Altfel, bărbatul ar fi profitat de pe urma slăbiciunii lui Max.

Cei doi bărbați schimbară lovituri cu pumnul și picioarele în succesiune rapidă și amândoi începură să sângereze în scurt timp. Icnete veneau de la amândoi și, curând, ambii bărbați păreau să se piardă într-o mare de durere.

Mesmerizată, Ariel privea lupta din cadrul ușii. La primul icnet de durere, femeia nu a mai putut pași mai departe și se oprise acolo. Aceasta își tot apăsa mâinile pe stomac, temându-se că-și va pierde prânzul curând.

Ariel nu văzuse niciodată o luptă atât de sălbatică și femeia nu înțelegea cum de bărbații încă mai stăteau în picioare. Într-un colț al minții, i se tot ivea gândul că ea ar fi trebuit să facă ceva pentru a pune capăt acelei bătălii, dar femeia nu putea gândi mai departe de atât.

Brațul stâng al lui Max începuse să sângereze când suturile cedară, iar Ariel își scutură capul, ca și cum ar fi vrut să respingă ceea ce vedea. Lacrimile începură să îi ude obrajii, iar femeia se sprijini de tocul ușii, brusc simțindu-se și mai slăbită decât înainte.

Intrusul îl zvârli pe Max la podea și pași spre el pentru a termina treaba. Max își scutură capul, încercând să obțină o imagine clară a omului prin ceața ce insista să îi acopere vederea.

Bărbatul își șterse sudoarea de pe frunte cu dosul palmei și își împinse părul spre spate. Gândul că ar fi trebuit să și-l fi legat îi trecu fugitiv prin minte, dar îl alungă imediat. Nu merita să se gândească la așa ceva în acel moment.

Instinctiv, Max știu că trebuia să se ridice și sări în picioare. Bărbatul se apropie de el, iar Max contracară lovitura bărbatului cu o lovitură înaltă cu piciorul.

Cu un geamăt, atacatorul aterizá la mică distanță de rămășițele mesei de cafea. Deja o spărseseră pe aceea puțin mai devreme, când Max căzuse peste ea. Omul încă mai simțea durerile provocate de vânătăile pe care le căpătase atunci.

Extenuat, Max nu atacă, știind că individul va avea nevoie de cel puțin câteva secunde pentru a-și recăpăta respirația. El preferă să tragă și el aer proaspăt în proprii săi plămâni mai întâi. Îl durea când respira, un semn că cel puțin una dintre coastele sale era învinețită, dacă nu cumva ruptă.

După aceea, Max se îndreptă spre omul căzut la podea pentru a termina totul. Dar, individul scoase rapid un cuțit pe care îl ascunsese întruna din cizmele sale, iar ochii lui Max se lărgiră. Arma schimba șansele și încă dramatic.

Un rânjet urât îi ridică colțurile gurii urmăritorului, iar Max își aruncă ochii spre ușă, unde o văzuse pe Ariel mai devreme.

— Acum du-te, îi ordonă el pe un ton liniștit. Nu glumesc, se încruntă Max la ea.

Ariel se dădu înapoi câțiva pași, gata să fugă din încăpere, dar Max nu mai putea aștepta să vadă ce făcea femeia. Cuțitul se îndrepta spre fața sa și bărbatul abia de a avut timp să sară înapoi.

Din nefericire, Max se împiedică de covorul rotund din mijlocul încăperii și căzu. Aerul îi explodă din plămâni când atacatorul masiv sări pe el. Cu toate acestea, când cuțitul se îndreptă spre pieptul său, Max îl respinse, iar omul îl înjunghie în umăr.

Max avea senzația că va leșina, iar greața i se ridică în gâtlej. În ciuda stării sale nefericite, omul începu să se agite pentru a ieși de sub inamicul său.

Când atacatorul smulse cuțitul din brațul lui Max cu un strigăt, Max urlă din cauza durerii înfiorătoare. Bărbatul ridică lama deasupra capului, hotărât să o înfigă în pieptul victimei sale.

Decis să se asigure că Max nu va reuși să scape de sub el, își mută unul dintre genunchi pe brațul stâng al lui Max, făcându-l pe acesta să urle de durere din nou.

Max închise ochii, iar creierul începu să îi fie cucerit de întuneric. Agresorul îi imobiliză celălalt braț cu mâna sa stângă pentru a aplica și mai multă presiune asupra siluetei prosternată la podea.

Strigătul disperat al lui Ariel îl trezi pe Max din leșinul temporar, iar omul își deschise ochii. Bărbatul știa că ar fi trebuit să facă ceva, dar nu putea să își miște brațele. Max încercă să își lovească oponentul cu picioarele, dar nu avu prea mult succes.

Cu remușcare și regret, Max încercă să îi arunce o ultimă privire lui Ariel. Când privirea sa căzu peste aceasta, bărbatului i se întretăie respirația. Verdele ochilor ei devenise incandescent, rănindu-i privirea. Buzele i se depărtaseră, iar femeia își întinsese brațul drept în fața ei și își răsfirase degetele.

Cuțitul zbură din mâna atacatorului, iar acesta strigă, nevenindu-i să-și creadă ochilor. Ochii lui Max se rotunjiră, iar bărbatul își trecu limba peste buzele uscate, convins că deja a pierdut prea mult sânge și acum halucina.

Cu o mișcare iute, cuțitul aterizã în mâna femeii. Ariel își împinse cealaltă mână în fața sa, iar brusc, Max nu mai simți greutatea bărbatului pe el. O bubuitură puternică îl anunță că ceva se lovise de perete cu mare viteză.

Cu un efort supraomenesc, Max își ridică trunchiul și, mai apoi, văzu că bărbatul aterizase de cealaltă parte a încăperii după ce fusese respins de perete. Privirea lui Max se fixă pe crăpătura din perete. Ar fi putut jura că aceea nu se aflase acolo înainte.

Când Ariel îşi trecu degetele pe marginea chipului său, Max îşi întoarse privirea spre ea. El tot nu putea crede că femeia era responsabilă pentru tot ce se petrecuse.

— Da, acela era secretul meu, dădu Ariel din cap, citindu-i gândurile cu acurateţe. Cu toate că nu am crezut vreodată că aş fi capabilă de aşa ceva, se strâmbă ea. Sunt sigură că acum ai vrea să o iei la goană de lângă mine ca fulgerul, adăugă ea, iar tristeţea îi răsună în glas.

— Ţi-ai pierdut minţile? o întrebă Max pe un ton plin de uluire. Chestia asta a fost fantastică. Întotdeauna am fost convins că există un grăunte de adevăr în revistele de benzi desenate pe care îmi plăcea să le citesc, spuse bărbatul, iar apoi îşi închise ochii. Cred că voi zace aici pentru o vreme, Ariel. Văd că nu ai nevoie de mine pentru a te proteja, murmură el, pierzându-şi mai apoi cunoştinţa.

— Aici greşeşti, murmură femeia, atingând faşa învineţită a bărbatului, pentru ca mai apoi să se aşeze lângă el. Am nevoie de tine să mă protejezi de mine însămi, adăugă Ariel. Aşa că să nu îndrăzneşti să mori acum, îl avertiză ea pe bărbat.

Femeia îi luă mâna într-a ei şi începu să respire ritmic pentru a scăpa de anxietate. Ştia ea că ceea ce făcuse însemna doar un singur lucru, iar acum trebuia să îşi accepte soarta.

Cel puţin mi-am căpătat puterile, ridică ea din umeri, trăgându-şi mai apoi genunchii în sus şi proptindu-şi capul pe ei.

Câteva minute mai târziu, scrâşnetul frânelor în alee o făcură să-şi ridice capul. Ariel ascultă cu mare atenţie, iar apoi se aplecă peste Max şi spuse:

— Cred că a venit poliţia, Max. Te vom duce la spital curând. Nu va fi asta o excursie super? îşi încreţi ea nasul.

Femeia îşi amintea bine ultima lor excursie la camera de urgenţă. Sperase să nu mai aibă ocazia să treacă printr-o a doua.

— Mda, te-ai înşelat aici, Ariel, murmură tânăra femeie. Un alt lucru în legăturp cu care nu am avut dreptate, admise ea cu o ridicare din umeri. Lucrurile astea tot apar, observă ea cu necaz.

CAPITOLUL DOUĂZECI

Mașina de poliție opri în fața casei lui Ariel, iar ofițerii de poliție se grăbiră se coboare din vehicul imediat. Observaseră deja cuplul care stătea așezat la picioarele scării, iar poziția lor îi avertizaseră că lucrurile nu prea stăteau bine.

Bryan își recăpătase cunoștința, dar nu se putea ridica fără a i se face rău și fără a ameți. Văzând vânătăile ce o acoperau și pe Becka și pe Bryan, ofițerii chemară o salvare.

— Ce s-a întâmplat? unul dintre ei o întrebă pe Becka pentru că Bryan nu părea să fie capabil să răspundă încă la întrebări.

— Tocmai voiam să intrăm în casă, arătă Becka spre ușa de la intrare a lui Ariel. Max, prietenul nostru, a intrat primul. Ariel l-a urmat, înghiți femeia cu greutate și începu să-și maseze gâtul.

Femeia încerca să nu plângă, iar efortul punea mare presiune asupra corzilor ei vocale.

— Și după aceea? o îndemnă ofițerul să continue când observă că s-a oprit.

— Apoi ușa s-a închis cu forță și l-a lovit pe soțul meu în față. Bryan a căzut pe spate, iar inerția m-a făcut și pe mine să cad o dată cu el, explică Becka gesticulând în neștire. Și-a pierdut cunoștința pentru o vreme, adăugă ea, atingând fruntea lui Bryan cu vârful degetelor. Mi-a luat ceva vreme să ies de sub el, spuse femeia, apăsându-și palma la gură pentru câteva clipe. Nu e un bărbat mic, după cum vedeți, arătă ea spre trupul soțului ei.

— Înțeleg, dădu din cap cu simpatie ofițerul de poliție. Ce știți despre oamenii care au intrat înăuntru? dori el să știe.

Becka își scutură capul, iar apoi izbucni în lacrimi. Încercase să se controleze, dar, acum, începu să hototească neconsolată. Femeia se simțea vinovată pentru că nu încercase să-și ajute sora, chiar dacă știa că Ariel îl avea pe Max înăuntru cu ea.

Ofițerul de poliție își luă privirea de la tânăra femeie. Nu știa cum ar fi putut să îi oprească plânsetul.

Bryan păru să-și revină puțin mai mult și își petrecu brațul în jurul umerilor femeii, trăgând-o la pieptul lui.

— Cumnata mea și prietenul meu sunt în interior, îi explică Bryan ofițerului. Presupun că cineva ar trebui să intre și să vadă ce s-a întâmplat acolo. Am auzit unele lucruri, dar, în marea parte a timpului, am fost inconștient, spuse bărbatul pe un ton apologetic. Ușa aceea m-a pocnit chiar între ochi și m-a scos din circulație pentru o vreme. Cred că am o contuzie, își atinse Bryan umflătura de un mov întunecat de pe frunte cu degetele, iar mai apoi gemu.

— Nici o problemă, domnule, îl bătu ofițerul pe braț. Vom avea noi grijă, iar o ambulanță este deja pe drum încoace, îl asigură el pe Bryan. Ar trebui să se ocupe de dumneavoastră în câteva minute.

— Îmi imaginez că cei de dinăuntru vor avea nevoie de mai mult ajutor decât mine, îi răspunse Bryan pe un ton sumbru, temându-se de ceea ce îi putea aștepta dincolo de ușa închisă.

— Vom vedea și, dacă este necesar, vom chema o altă ambulanță, îi răspunse ofițerul.

După aceea, bărbatul se ridică și i se alătură colegului său lângă mașina de poliție.

— Va trebui să mergem înăuntru, îi spuse el ofițerului. Femeia este înăuntru cu un alt bărbat și cu urmăritorul, își informă el colegul mai tânăr. Nu știm la ce să ne așteptăm, așa că trebuie să fi grijuliu, îl avertiză omul.

Cu o mișcare a capului de aprobare, tânărul bărbat îl urmă pe ofițer spre ușa de la intrare. Încercară să deschidă ușa, dar părea să fie blocată sau încuiată. Oricum, ofițerul mai în vârstă era înclinat să creadă că a doua alternativă părea cea mai probabilă.

Acesta își îndreptă bărbia spre Bryan, care tot mai era așezat la picioarele scării și spuse:

— Considerând ce ne-a spus omul acela, trebuie să spargem ușa și să intrăm. Cei doi oameni din interior s-ar putea să fie în primejdie, sublinie el.

Cei doi ofițeri își uniră forțele și se împinseră în ușa de la intrare a lui Ariel. Tresărind, Bryan și Becka își ridicară privirile când lemnul se sparse, iar ofițerii de poliție, împiedicându-se, pătrunseră în casă. Bryan își strânse soția mai tare la piept și își frecă bărbia de creștetul capului ei.

— Cred că totul va fi bine, o asigură el, iar Becka îl aprobă cu o mișcare ezitantă a capului.

Înăuntru, ofițerii avansară de-a lungul coridorului spre camera de zi. Ajunseră la ușă și se aplecară în față ușor pentru a evalua interiorul. Tăcerea părea de rău augur, iar ei trebuiau să avanseze cu grijă.

Ariel observă mișcarea cu colțul ochiului și își întoarse capul spre ușă. Privirea ei se acomodase obscurității, așa că își dădu imediat seama că cele două figuri erau ofițeri de poliție.

— Puteți intra, domnilor ofițeri, îi invită femeia cu un glas obosit. Se pare că eu sunt singura care mai este în picioare, vorbind metaforic, spuse ea cu amărăciune. Întrerupătorul este pe perete în dreapta, îi avertiză Ariel, aplecându-și capul în direcția aceea.

Numai după aceea, femeia își dădu seama că ei nu puteau să o vadă. Luna se ascunsese pe după un nor, iar lumina deja dispăruse.

Cu toate acestea, ofițerul mai în vârstă își întinse mâna și aprinse lumina. Omul clipi când întunericul se disipă și, apoi, încercă să-și ajusteze ochii la noul mediu. Bărbatul trecu în revistă camera cu privirea și surpriza i se citi pe trăsăturile feței.

Bărbatul se întoarse spre mai tânărul său coleg și își scutură capul. Cu ochii mari, ofițerul își frecă bărbia cu degele. Niciodată nu văzuse o astfel de scenă, iar priveliștea îl neliniștea.

— Du-te și verifică-l pe omul acela de-acolo, ofițerul mai în vârstă îl îndemnă, aplecându-și mai apoi capul spre Max, care zăcea lângă Ariel.

Presupun că acela este urmăritorul, domnişoară, i se adresă el femeii, arătând spre cealaltă parte a camerei, unde o altă persoană zăcea pe podea.

— Da, el este, spuse Ariel, fără însă să îi mai ofere alte informaţii suplimentare.

Femeia tot nu ştia încă cum să le explice maniera în care bărbatul fusese scos din circulaţie. Ştia că ar fi putut declara că-i luase cuţitul omului din mână după ce căzuse. Dar, Ariel încă nu clădise o poveste şi pentru ce se întâmplase înainte de aceasta.

Poliţistul se apropie de bărbatul de pe podea cu grijă. Îngenunche, îi verifică semnele vitale, iar apoi trase concluzia că individul în viaţă şi doar îşi pierduse cunoştinţa. Ofiţerul îi puse o pereche de cătuşe agresorului, iar mai apoi îi cercetă rănile sângerânde şi vânătăile, scuturându-şi capul. Era clar că omul fusese bătut măr.

După aceea, poliţistul se întoarse spre colegul său care se îngrijea de Max. Observând că acesta pierduse o mare cantitate de sânge, ofiţerul înghiţi cu greutate. Gândul că s-ar putea să aibă probleme serioase pentru că desconsiderase plângerile femeii îi trecu imediat prin minte.

— Cred că va mai trebui să chemăm două echipe de urgenţă, declară el pe un ton liniştit. Fă-o tu, îi ceru el colegului său, în timp ce el îi verifica pulsul lui Max.

Brusc, sirena primei maşini a serviciilor de ambulanţă umplu noaptea, iar ofiţerul se ridică.

— Mă duc afară să vorbesc cu paramedicii. Cred că vor trebui să îl ia pe individul ăsta mai întâi. Tipul de afară este într-o stare relativ bună. Tu rămâi aici cu ei, îi ordonă el mai tânărului său coleg.

Cu o tresărire, Ariel îşi ridică capul.

— Sunt Becka şi Bryan în regulă?

— Da, domnişoară, nu vă temeţi. Au doar câteva vânătăi de la căderea pe scări. Este posibil ca bărbatul să aibă o contuzie, dar numai serviciul de ambulanţă poate determina asta, aruncă el peste umăr în drumul său spre ieşire.

Uşurată, Ariel oftă adânc, iar o lacrimă îi curse pe obraz. Cel puţin nu era responsabilă şi de rănirea gravă a Beckăi şi a lui Bryan.

MAX PLECĂ CU PRIMA ambulanţă, iar Ariel îl însoţi. Femeia le declarase paramedicilor că era logodnica lui Max şi făcuse o întreagă scenă numai pentru a i se permite să călătorească cu el în salvare. Poliţistul mai în vârstă îi implorase pe experţii de pe serviciul de urgenţă să o ia cu ei numai pentru ca aceasta să se oprească din a face crize ca o nebună.

Max îşi reveni pentru câteva clipe chiar în mijlocul spectacolului oferit de Ariel, iar declaraţiile femeii îl amuţiră. Omul era cu adevărat şocat. Nu putea să creadă că avea înaintea ochilor aceeaşi femeie care îl respinsese fără milă cu o săptămână în urmă.

— Las-o să vină, reuşi el să şoptească, dar nu ar fi fost necesar să se obosească pentru că, oricum, nimeni nu îi înregistră cuvintele, iar femeia dădea dovadă de suficient de multă energie pentru a câştiga acea bătălie de una singură.

Pe tot drumul spre camera de urgenţă, Ariel îl ţinu pe Max de mână şi îi mângâie chipul cu toată tandreţea de care era în stare. Bărbatul îi urmări gesturile cu uimire pentru o vreme, dar, până la urmă, se convinse că, de fapt, halucina şi închise ochii, predându-se acelei fantezii.

La spital el dori să preia controlul îngrijirii sale pentru a se asigura că nimeni nu ar fi profitat de condiţia sa. Bărbatul încercă să se descotorosească de toţi, dar starea sa de slăbiciune le permise celorlalţi să îl ignore complet.

Din fericire, acea Ariel din lumea sa fantastică, părea să deţină ea însăşi puterea de a da ordine oamenilor din jur pentru a se asigura că aceştia îi ofereau bărbatului grija de care avea nevoie. De asemenea, femeia îi şi avertiză să nu îl înţepe sau să îl împungă fără un scop specific.

În ciuda durerilor şi rănilor sale, un rânjet satisfăcut se ivi pe buzele omului, iar el încetă să se mai lupte cu oamenii care încercau să-l ajute.

— Am îngerul meu aici să se îngrijească de mine, le spuse Max tuturor pe un ton liniștit, ceea ce îi luă pe toți prin surprindere.

Apoi, bărbatul își strânse degetele în jurul celor ale lui Ariel pentru a o lăsa pe femeie să înțeleagă că îi era recunoscător.

Timp de o clipă, Ariel se holbă la el confuză. Mai apoi, femeia izbucni și în râs și în lacrimi în același timp și, scuturându-și capul cu neîncredere, spuse:

— Oh, tu, bărbat dulce, nebun și drag.

Îngrijirea medicală prin care trecu nu îl bucură pe bărbat prea mult, dar el ascultă cuvintele încurajatoare ale lui Ariel și trecu prin tot cu stoicism. Când, în sfârșit, îl puseră într-un salon privat, Max oftă de ușurare și îi mulțumi lui Ariel pentru ajutorul ei.

— Nu trebuie să îmi mulțumești, îi răspunse femeia, dându-i la o parte părul de pe frunte. Te afli aici din cauza mea, își atinse ea buzele tandru de ale lui.

Temându-se că nu va mai avea ocazia să experimenteze așa ceva, Max își închise ochii pentru a se bucura de acel gest de afecțiune la maximum. Gândurile i se amestecară, iar confuzia îl copleși.

Când Ariel își ridică capul și îi zâmbi, Max se întinse și îi prinse mâna. Își înlănțui degetele cu ale ei, strângându-le mai apoi cu blândețe, și spuse:

— Sunt aici din cauza ta, Ariel. Dacă nu ai fi fost tu, acum aș zăcea mort pe idiotul ăla de covor din camera ta de zi, îi explică bărbatul.

— Știi că nu vorbeam despre acel lucru, încercă Ariel să se ridice, dar Max o trase de mână.

Nu mai avea el aceeași putere ca înainte, iar femeia ar fi putut să se elibereze dacă așa ar fi dorit. Cu toate acestea, ea alese să rămână exact unde se găsea.

— Nu fi bleagă, i-o întoarse bărbatul cu supărare. Amândoi știm că idiotul acela care te-a urmărit a început totul. Nu poți crede că ești cumva de vină pentru asta.

— Știu asta, dar totuși, totul s-a petrecut din cauza mea, spuse Ariel cu tristețe în glas.

— Nu poți să-ți asumi răspunderea pentru acțiunile altcuiva, își scutură Max capul obosit. Oricum, te-ai descotorosit de el pentru totdeauna, așa că hai să vorbim de lucruri mai interesante, propuse el cu un surâs pe buze.

— Da, ar trebui, se arătă femeia de acord, iar privirea îndepărtată ce apăru în ochii ei îi spuse bărbatului că aceasta se pierduse deja în propriile gânduri.

— Care este problema? se interesă el pe un ton liniștit, trăgând-o, din nou, de mână pentru a o face să îi dea atenție.

Ariel îl privi printre gene.

— Îți dai seama că poliția va dori să știe ce s-a întâmplat la mine acasă.

— Ah, înțeleg acum, dădu Max din cap cu grijă, temându-se că durerea sa de cap se va înrăutăți. Prespun că vor întreba ce s-a petrecut acolo, dar nu e nevoie să le spunem adevărul. Oricum, mă îndoiesc că ne-ar crede, își strânse el buzele, gândindu-se la acea problemă.

Ariel oftă și apoi întrebă:

— La ce te gândești?

— Hai să le spunem că am reușit să îl lovesc pe individ cu piciorul în piept. Presupun că acolo a aterizat lovitura ta, spuse el pe un ton întrebător.

— Mai mult sau mai puțin, se foi Ariel sub privirea lui scrutătoare. Am țintit spre piept și frunte instinctiv. Probabil, în subconștient, am considerat că o lovitură dublă s-ar putea să aibă rezultatul pe care îl căutam, îi explică ea.

— Bun atunci, spuse Max și începu să analizeze posibilitățile. S-ar putea să întindem un pic coarda aici, dar am putea spune că am folosit o lovitură dublă cu piciorul, în succesiune rapidă, iar efortul m-a doborât definitiv. Nu văd cum altfel ar fi putut fi individul lovit atât în frunte cât și în piept, îi explică el pe un ton apologetic.

— Crezi că va funcționa? se îngrijoră Ariel.

— Sântem doi, sublinie Max. Dacă amândoi ținem cu dinții de povestea asta, ei nu au cum să demonstreze că mințim. Pe deasupra, așa cum am mai spus, nimeni nu va crede că tu ești cea care l-a doborât pe individ, reiteră el.

Ariel îl aprobă cu o mișcare a capului, deși nu era suficient de convinsă că explicația va trece de orice verificare.

— Apropo, cum ai făcut-o? o întrebă Max cu curiozitate în voce.

— Percepție extrasenzorială, îi răspunse Ariel pe un ton sec. La un anumit nivel, știam că aveam acest talent, dar nu eram conștientă că am atins punctul unde aș putea să îl și folosesc, spuse ea, iar un surâs ironic îi curbă buzele. Chiar m-a șocat, Max, spuse ea cu onestitate. Am fost convinsă că talentele mele nu vor ajunge niciodată la maturitate, își scutură tânăra femeie capul cu tristețe.

— De ce? întrebă bărbatul.

— Ei bine, începu femeia să explice când ușa se deschise.

Ariel își întoarse capul exact la timp pentru a-l vedea pe polițistul mai în vârstă privind în interiorul camerei de spital.

— Îmi pare rău să vă deranjez, se scuză omul. Doctorul a spus că aș putea trece pe aici ca să vă pun câteva întrebări.

— Intrați, îi invită Ariel, după ce îi aruncă o privire lui Max și observă că acesta era de acord.

— Nu vă vom ține mult, le promise ofițerul. Știu că ați fost prin multe în seara aceasta.

— Mulțumesc, apreciem acest lucru, răspunse Max.

— Deja știm cum a început totul. Sora dumneavoastră și soțul ei ne-au spus, o informă omul pe Ariel. Cu toate acestea, nu știm cu adevărat ce s-a petrecut în interiorul casei, iar ceea ce spune atacatorul nu face nici un sens, le explică el.

— Dar ce spune el? se interesă Max, iar o nuanță de curiozitate i se strecură în glas, deși bărbatul își imagina cam ce putuse individul să le povestească.

— Păi spune că ea l-a aruncat cu forţa în perete lovindu-l cu o rază de putere, exclamă mai tânărul ofiţer de poliţie, plin de exaltare şi arătând cu degetul spre Ariel.

Colegul său îşi dădu ochii peste cap şi îşi scutură capul.

— Ţi-am spus deja că individul acela e mai nebun decât un pălărier. Doctorii de la camera de urgenţă chiar au cerut o evaluare pishiatrică şi s-au decis să-l trimită la secţia de psihiatrie, se întoarse omul înapoi spre Ariel şi Max.

— Aceasta pare a fi o idee bună, aprobă Max, gândindu-se că urmăritorul oricum avea nişte doage lipsă la masardă şi chiar avea nevoie de un psihiatru bun.

— Deci ce s-a întâmplat? îi întrebă ofiţerul.

— Nu pot să vă dau un raport precis al fiecărei lovituri, îi răspunse Max. Pot, însă, să vă spun că el m-a lovit mai întâi atunci când am pătruns în casă. Mi-am pierdut cunoştinţa vreo câteva momente, iar când mi-am revenit, l-am văzut luptându-se cu Ariel şi încercând să îi smulgă făcăleţul din mână, spuse bărbatul.

— Oh, da, am uitat de făcăleţul meu, spuse Ariel cu un zâmbet trist pe buze.

—Hei, a ajutat, o consolă Max. Dacă nu ai fi avut acel făcăleţ cu tine, bărbatul ar fi putut să-ţi facă orice până ce mi-am revenit în simţiri, îi explică el.

— Probabil că ai dreptate, ridică Ariel din umeri fără prea mult interes.

În acel moment chiar nu avea nici un chef să se gândească la ce ar fi putut să i se întâmple.

— Ce s-a întâmplat după aceea? insistă ofiţerul.

El, unul, nu avea timp de pierdut cu ceea ce ar fi putut să se întâmple. Bărbatul voia să îşi scrie raportul şi să se ducă acasă. În fond, acumulase deja mai multe ore suplimentare pe ziua aceea.

— M-am înfipt în el, spuse Max. L-am lovit şi el m-a lovit pe mine. Am căzut de câteva ori. Îmi amintesc că eu am căzut peste măsuţa de cafea o dată, ridică omul din umeri. Îmi pare rău, Ariel. Cred că vei avea nevoie de una nouă, se scuză el.

— Nu îți fă griji în legătură cu asta, spuse femeia. Aş fi aruncat-o oricum, aşa cum voi arunca şi afurisitul acela de covor, spuse ea cu patos, încruntându-se.

— Covorul? De ce? se interesă mai tânărul ofiţer.

— De ce? Pentru că Max s-a împiedicat de el şi a căzut. Asta s-a întâmplat când individul a venit după el cu un cuţit şi l-a înjunghiat, explică femeia cu mânie.

— Cum aţi reuşit să ieşiţi din această situaţie, domnule? se interesă mai vârstnicul ofiţer, privindu-l pe Max cu admiraţie.

— Sincer, chiar nu ştiu, îi spuse Max cu remuşcare.

De fapt, bărbatul nu se gândise la acea parte a povestirii. Nu avusese timp să inventeze un răspuns credibil. Acum trebuia să meargă după ureche şi să spere că ofiţerii îl vor crede.

— Îmi amintesc doar că mă gândeam că eram terminat, iar acum Ariel urma să rămână singură. Oricum, într-un fel am reuşit să mă strecor de sub acel individ şi să ajung în picioare. Cu ultima picătură de putere pe care am avut-o, l-am lovit cu piciorul de două ori, după care am căzut la podea. Nu îmi mai amintesc prea multe după acea mişcare, îşi scutură omul capul. Cred că ţi-am spus să te duci să iei cuţitul din mâna lui, se adresă el lui Ariel, ridicându-şi sprâncenele sus pe frunte.

— Da, aşa mi-ai spus înainte să îţi pierzi cunoştinţa, dădu Ariel din cap. Evident, imediat am fugit spre omul ăla şi i-am luat arma, le spuse ea poliţiştilor. Mi-era teamă că îşi va reveni. Cel puţin, aşa, nu ar fi avut nenorocitul de cuţit cu care să ne atace, îşi deschise femeia braţele pentru a da mai multă credibilitate poveştii ei.

— Da, desigur, îi aprobă bărbatul evaluarea. Cred că asta este tot ce aveam nevoie. Nu trebuie să vă mai îngrijoraţi, domnişoară, îi spuse omul lui Ariel. Individul nu mai poate obţine cauţiune din nou. Chiar dacă se dovedeşte că nu e zdravăn la cap, tot nu va fi lăsat liber în lume, o asigură el.

— Aşa şi sper, răspunse femeia pe un ton pragmatic. Am trecut prin multe din cauza lui şi din cauză că voi nu m-aţi crezut de la început, continuă ea şi o cută adâncă i se formă între sprâncene.

— Ştiu, domnişoară, şi îmi pare foarte rău, repetă poliţistul, şi, cu un semn spre mai tânărul său coleg, îşi luă la revedere de la ei şi se îndreptă spre uşă.

Pe drumul spre uşă, cel mai tânăr ofiţer îi şopti celuilalt:

— Şi totuşi, ar fi fost super dacă femeia l-ar fi lovit pe individ cu acea rază de care vorbea el.

Colegul său îşi scutură capul exasperat şi îl împinse afară pe uşă. În spatele lor, Max izbucni în râs.

— De ce râzi? îl întrebă Ariel, întorcându-şi ochii spre el.

— Oh, ce înseamnă să fi atât de tânăr, surâse bărbatul, scuturându-şi capul.

— Mulţumesc lui Dumnezeu că celălalt nu mai e atât de tânăr, observă Ariel pe un ton sec.

— Ştiu ce vrei să spui, o aprobă Max cu o înclinare a capului. Şi ai dreptate. Hai să păstrăm secretul între noi, iubito, propuse el, înlănţuindu-şi degetele cu ale ei.

— Şi în familia mea lărgită, îşi încreţi femeia nasul.

— Da, va trebui să îmi spui câteva lucruri despre asta, observă Max.

— Dar nu chiar acum, îl contrazise Ariel. Hai să ne concentrăm să te aducem înapoi acasă cât mai curând.

— Nici nu cred că aş putea să îţi aprob propunerea mai mult decât o fac acum, spuse el, iar ochii i se închiseră la culoare, în ciuda febrei care lucea în ei. Spune-i doctorului că mă simt destul de bine să părăsesc spitalul.

— Nu şi de data aceasta, îşi scutură Ariel capul. Trebuie să rămâi aici pentru o zi sau două.

— Ţi-ai pierdut minţile? strigă bărbatul şi încercă să sară din pat, dar nu reuşi decât să geamă de durere.

— Liniștește-te, idiotule, îl împinse femeia înapoi cu atât de multă tandrețe pe cât putea. Nu poți merge nicăieri în starea în care te găsești. Nu e doar brațul tău de data aceasta, Max. Ai fost înjunghiat în umăr și lovit peste tot, sublinie ea. Mai mult decât atât, ți-ai pierdut cunoștința de cel puțin două ori, dacă nu de trei ori.

— Voi supraviețui, spuse bărbatul cu încăpățânare, iar chipul îi deveni sumbru.

— De asta pot să te asigur, i-o întoarse Ariel pe un ton hotărât. Te asigur pentru că voi sta de pază aici lângă tine și nu te voi lăsa să te miști, îl avertiză ea.

— Pe bune? O să stai cu mine, repetă Max cu neîncredere.

— Da, pe bune, îi răspunse Ariel. Acum taci din gură. Trebuie să îi sun pe Becka și Bryan ca să văd dacă sunt în regulă, îi porunci femeia lui Max.

Bărbatul își scutură capul, dar își ținu gura închisă pentru ca Ariel să poată suna. O privi pe aceasta vorbind, iar un surâs larg i se întinse pe chip.

Bărbatul nu știuse că fericirea i se va strecura în suflet tocmai atunci când zăcea într-un pat de spital. Inima i se umplea de bucurie atunci când o privea pe femeia pe care o iubea, punând întrebări și oferind răspunsuri evazive. Ariel chiar se juca cu soarta în varianta povestirii sale, iar acel lucru îl amuză enorm pe Max.

CAPITOLUL DOUĂZECI ȘI UNU

Trei săptămâni mai târziu, Ariel și Max îi vizitară pe Becka și Bryan. Era pentru prima dată când i se permisese lui Max să iasă din casă după ce fusese eliberat din spital, iar bărbatul era hotărât să se amuze.

Ariel își ținuse promisiunea și nu s-a mișcat de lângă patul lui de spital în primele douăzeci și patru de ore. Max chiar trebuise să sune un prieten să îi aducă femeii ceva de mâncare pentru că aceasta refuzase să iasă ca să își cumpere ceva.

De asemenea, tânăra femeie petrecuse timp și cu el la el acasă, iar acum mai că se mutase cu totul în casa lui.

Ariel aranjase să aibă casa curățită și ceruse ca atât covorul cât și ce mai rămăsese din măsuța de cafea să fie aruncte, dar tot nu se simțea destul de confortabil ca să doarmă sub acel acoperiș.

Ariel avea mare grijă de Max, iar bărbatul îi era recunoscător. Având-o alături de el, în casa sa, era un vis ce devenise realitate.

Cu toate acestea, femeia îi evita cea mai mare parte a întrebărilor referitoare la secretul talentelor ei. Îi spusese doar că se simțise nesigură pe abilitățile ei din cauza unui blestem vechi, dar nu intră în nici un fel de detalii.

Tânăra femeie era foarte bună când venea vorba să evite anumite subiecte, iar Max nu reușise să afle mai mult decât ceea ce ea îi spusese deja atunci când se aflase în spital.

Cu toate acestea, bărbatul se consolase cu ideea că Ariel îi va spune totul atunci când era momentul potrivit. Simțea omul nevoia să se mintă pe sine însuși pentru că, de fapt, acel status-quo îl înnebunea.

În ziua aceea, Max hotărâse să se relaxeze cu Ariel și prietenii săi. Bryan îi făcuse surpriza de a-i pregăti produsele de patiserie favorite, iar pentru prima dată, Max ajunsese să petreacă timp cu copiii lor.

Bărbatul îi mai văzuse pe Lea și Sean înainte, dar numai pentru câteva minute de fiecare dată. Fie Becka, fie Bryan găseau întotdeauna o scuză pentru a nu lăsa copiii în prezența lui prea mult.

Max nu se gândise la chestia aceea înainte, dar acum, punând totul cap la cap, se supără.

— Cum de îmi permiți să fiu în prezența copiilor tăi acum? întrebă el brusc, încruntându-se.

— Despre ce vorbești? se interesă Becka, rotunjindu-și ochii cu inocență.

— Poți să renunți la teatrul ăsta, își îndreptă Max un deget spre ea. Oi fi eu un pic mai încet la minte, știu asta. Mi-a luat aproape un an ca să îmi dau seama ce se petrece, în fond. Dar, aceasta nu înseamnă că sunt de-a dreptul idiot, îi spuse bărbatul, privind furios de la Becka la Bryan și înapoi.

— Las-o baltă, Max, se răsti Ariel la el. Au trebuit să țină copiii departe de tine pentru că și ei au propriile lor talente, îi explică ea.

— Acum vorbești, bărbatul exclamă cu plăcere. Trebuie să îmi explici și mie cum funcționează lucrurile acestea. Înțeleg că pruncii au daruri. Bryan i-a ținut departe de mine pentru ca eu să nu aflu despre ele. Asta este clar. Aceasta înseamnă că pruncii își pot folosi darurile lor. Cum se face că tu nu ți le puteai folosi pe ale tale? se uită Max la Ariel fix, cu o privire aspră.

— Deja ți-am spus că nu le puteam folosi din cauza unui blestem, i-o întoarse tânăra femeie, aruncându-i o privire ofilitoare lui Max. Chiar nu știu cum de copiii pot, recunoscu Ariel. Am făcut noi tot felul de supoziții, dar nu am ajuns la nici o concluzie, femeia ridică din umeri. În fond, nu prea contează pentru că, mai târziu în viață, copiii nu vor fi în stare să facă ce fac acum.

Max își scutură capul.

— Nu cred că treaba merge așa. Sunt sigur că aveți o explicație, insistă el.

— Noi credem că Lea și Sean își pot folosi abilitățile pentru că sunt foarte tineri și nu își filtrează intențiile în mod conștient, interveni Bryan. Și problema nu e că Ariel nu putea face nimic, ci că nu putea controla ceea ce făcea

— Exact, se făcu și Becka auzită. Și eu am fost în aceeași situație. Puteam face anumite lucruri, dar nu puteam controla magnitudinea acelor lucruri sau rezultatul lor, iar așa ceva este periculos. De aceea, Ariel s-a oprit din a mai face ceva, explică Becka cu o ridicare din umeri.

— Asta chiar face sens, recunoscu Max. Tu ce poți face? o întrebă Max pe Becka cu curiozitate, iar luminile îi dansară în ochi.

Ariel zâmbi și își scutură capul. Bărbatul se comporta ca un copil într-un magazin de bomboane.

— Oare ce nu poate face? izbucni Bryan în râs. Furtuni, viscole, chestii de acest gen, își flutură el mâna într-un cerc pentru a își sublinia cuvintele.

— Oh, Doamne, asta chiar este ceva, își scutură Max capul cu neîncredere. Tu nu poți cauza furtuni, nu-i așa? se întoarse el spre Ariel.

— Nu, nu pot, îi zâmbi tânăra femeie. Eu pot mișca obiecte și să conduc forțe prin lucruri, spuse ea. Ceea ce ai văzut deja, accentuă ea. Și mai pot simți și citi stări de spirit, ridică femeia din umeri.

— Și asta e fantastic, o bătu Max pe dosul mâinii. În afară de aceasta, nu știu cât de confortabil aș fi dacă ai începe să creezi furtuni prin casă, își mișcă el sprâncenele în glumă.

Toți începură să râdă, iar mai apoi, Bryan le mai oferi ceva de băut. Ariel se simțea ușurată că bărbatul accepta totul cu ușurință. Ea, una, nu avea nevoie de toată drama care apărea, de obicei, când se făceau asemenea dezvăluiri.

— Dar care este acel blestem, Ariel? nu uită Max de întrebările sale. Cine te-a blestemat și cum funcționează acel blestem? vru bărbatul să știe.

Ochii lui Ariel se rotunjiră, iar femeia îl privi cu anxietate.

— Care e problema, iubito? îi prinse Max mâna, trăgând-o pe femeie mai aproape de el.

Ariel o privi pe Becka, cerându-i surorii sale pe muteşte să o ajute.

— Îţi voi spune eu, se adresă Becka lui Max. Ariel pare să se simtă puţin stânjenită, deşi nu ştiu de ce. Aşa funcţionează lucrurile, Ariel. Atâta tot, îşi scutură Becka.

— Şi totuşi..., murmură Ariel şi îşi scutură capul spre sora sa.

— Nu te teme, voi explica eu, o asigură Becka, iar apoi femeia se întoarse spre Max. Uite, Max. Pe scurt, situaţia stă cam aşa. Străbunicul a părăsit-o pe Rebecca, străbunica noastră, pentru o altă femeie. Desigur, buni a fost extrem de furioasă, îşi flutură Becka mânaprin aer, iar Bryan râse. În fine, după aceea, Evelyne, stră-mătuşa mea, a fost părăsită la altar şi s-a sinucis. Rebecca s-a mâniat atât de tare că a blestemat toate generaţiile ce urmau să vină. Nimeni nu îşi poate controla şi rafina abilităţile până ce nu-şi găseşte dragostea adevărată şi nu se dăruie complet acelei persoane. Asta este tot, ridică Becka din umeri.

— Acum pricep eu de ce erai tu atât de sigură că nu l-ai iubit pe individul acela, se întoarse Max spre Ariel. Ţi-ai fi controlat abilităţile dacă l-ai fi iubit.

— Da, recunoscu Ariel.

— Deci asta înseamnă..., începu Max să spună, dar mai apoi, se opri, închise ochii şi începu să întoarcă diverse idei în mintea lui.

Avea el o idee destul de clară în legătură cu ce se întâmplase, dar nu voia să se grăbească şi să tragă o anumită concluzie. Pentru propria sa sănătate mentală, bărbatul avea nevoie să fie corect în presupunerile lui.

— Tu mă iubeşti, explodă el după câteva minute, sărind de pe sofa.

Becka şi Bryan se luptară să-şi ţină râsul sub control, iar chipul lui Ariel se înroşi atât de tare încât se temură că femeia va lua foc într-o clipă.

Tânăra femeie nu putea să îl privească pe Max. Stânjenită, își privea fix, cu încăpățânare, canea de cafea pe care mai că o vărsase când Max își făcuse anunțul.

— Haide, puiule, o imploră el. Poți pur și simplu să dai din cap dacă tu crezi că ți-ar fi mai ușor decât să vorbești.

Bryan își scutură capul și spuse:

— Max, câteodată îți lipsește orice sensibilitate. Vezi doar că Ariel este jenată. Las-o în pace, îi ceru el prietenului său.

— De ce ești jenată? insistă Max. Ți-e cumva rușine de sentimentele tale pentru mine? se încruntă bărbatul și, deodată, nu se mai simți prea confortabil cu acea conversație.

Ariel își întoarse iute ochii spre el.

— Nu fii bleg, Max. Desigur că nu sunt jenată de sentimentele mele. Dar, după tot ce ți-am spus atunci, în prima zi petrecută la tine acasă, nu mă simt prea încântată de această discuție. Mai mult decât atât, așa ceva trebuie discutat în particular, nu în grup, își înclină ea capul spre Becka și Bryan.

Cei doi îi aprobară cuvintele dând din cap cu entuziasm.

— Bine, am înțeles, își ridică Max mâinile. Ai dreptate. Va trebui să vorbim de asta în particular, se arătă el de acord cu ea. Dar, nu uita că tu mă iubești, iar eu te iubesc, sublinie el, iar Becka își mușcă buza de jos pentru a nu izbucni în râs din nou.

Ariel își încreți nasul, dându-și seama că era o pierdere de timp să încerce să îl facă pe bărbat să vadă rațiunea cuvintelor ei. Max era un om direct în cea mai mare parte a timpului. Dacă ea îl dorea, atunci chiar trebuia să învețe să se adapteze felului lui de-a fi.

— Bun, observă Bryan. Sunt încântat că putem pune acest subiect deoparte, spuse omul pe un ton sec. Poate că acum putem încerca alt subiect de conversație, propuse el.

— Eu sunt întru totul pentru asta, dădu Max din cap, luându-și ceașca de cafea de pe măsuța de cafea din fața sofalei și sorbind din lichidul negru, puternic.

— Ca să vezi, murmură Ariel cu sarcasm, iar Max îi aruncă o privire piezişă.

După aceea, bărbatul râse şi îşi scutură capul.

— Indiferent de ce gândeşti tu, noi doi facem o echipă bună, Ariel, spuse el.

— Nu uita acel gând, pufni Becka.

Femeia nu uitase cât de îndărătnică era sora sa. Ea îşi amintea şi că Bryan menţionase încăpăţânarea lui Max de câteva ori. Cei doi urmau să se certe precum câinile cu pisica în fiecare zi. Şi cu toate acestea, Becka era fericită că Ariel îşi găsise pe cineva. Merita să fie fericită şi să uite de oportunităţile pierdute.

Mai mult decât atât, Becka spera că, poate, viaţa o va mai înmuia pe Ariel într-un fel şi că va fi mai uşor de trăit cu ea.

— Oricum, nu uita, Ariel, interveni Bryan, că va trebui să îi spui lui Max şi cea de-a doua parte a poveştii. S-ar putea să nu îi placă să o audă de la altcineva, o avertiză el pe tânăra femeie.

— Care parte a poveştii? vru Max să ştie.

— Mai târziu, când vom fi singuri, îi răspunse Ariel pe un ton care nu mai permitea nici un fel de argument.

Bărbatul se strâmbă, dar decise să îi respecte dorinţele pentru moment. Nu o va lăsa el să ocolească subiectul pentru totdeauna.

Nici cinci minute mai târziu, copiii se treziră şi toţi se mutară în bucătărie să ia o gustare împreună cu ei. Aceasta implică multe râsete şi, de data aceasta, Becka fu cea care se înroşi în cea mai mare parte a timpului.

Max nu ar fi dat acea gustare pe nimic altceva în lume. Gemenii îl amuzară cu trucurile pe care le utilizau pentru a-şi păcăli părinţii, iar Ariel părea să se relaxeze din ce în ce mai mult.

Chiar şi Beckăi şi lui Bryan le era greu să creadă că era aceeaşi femeie care obişnuia să împartă în jur o mulţime de judecăţi denigratoare şi pline de amărăciune.

CAPITOLUL DOUĂZECI ȘI DOI

Abia ce propusese Bryan să se reîntoarcă în camera de zi, că și sună soneria de la intrare. Cei patru adulți se priviră unul pe celălalt cu surpriză, dar pruncii chiuiră, fericiți că vor avea o nouă audiență pentru trăznăile lor.

— A sunat careva să ne anunțe de vreo vizită? o întrebă Bryan pe Becka, îndreptându-se spre ușa de la camera de zi.

— Nu, își scutură femeia capul. Mama a sunat mai devreme, dar i-am spus că vom avea oaspeți, iar ea a zis că atunci va trece pe aici mâine, îi răspunse Becka.

— Bine atunci, dădu Bryan din cap și ieși în hol pentru a deschide ușa de la intrare.

Bărbatul privi prin vizor pentru a vedea cine suna la sonerie atât de nerăbdător. Când privirea îi căzu pe Rebecca, omul oftă în sinea lui.

Totuși, deschise ușa și o salută pe femeia mai în vârstă:

— Bună, Rebecca. Cum de ești în trecere prin cartierul nostru? își ridică Bryan sprâncenele și un sentiment de neliniște începu să-i macine stomacul.

Își cam făcuse el o idee privind cauza apariției Rebeccăi la ușa lor și știa el pe cine trebuia să învinovățească pentru asta.

Mama Beckăi nu știa niciodată când trebuia să își țină gura închisă. Emilie probabil crezuse că intervenția ei o va ajuta pe fiica sa, și asta în ciuda stituațiilor la care fusese martoră în ultimele dăți când Rebecca le întâlnise pe persoanele semnificative din viețile strănepoților ei. Nici una din acele întâlniri nu se desfășurase așa cum trebuia.

— Ai intenția să mă ții aici pe scară, tinere? se răsti femeia la el, iar o cută adâncă i se formă între sprâncene.

— Nu, evident că nu. Intră, te rog. Dar nu uita că și copiii sunt în camera de zi și nu vreau nici un fel de ieșiri dramatice, o avertiză bărbatul pe un ton autoritar.

— Ha! Zilele astea toată lumea are impresia că îmi poate dicta ce ar trebui să fac, i-o întoarse femeia cu sarcasm.

— Când este vorba de copiii mei, poți să fi sigură că îți voi spune la ce mă aștept de la tine, nu cedă Bryan deloc.

Femeia pufni și își făcu loc pe lângă el.

— Nu îmi iei haina? își ridică ea o sprânceană interogativ.

Bărbatul oftă și o ajută mai apoi să își dezbrace haina de iarnă. O atârnă în debaraua din hol, iar apoi o conduse pe femeia mai vârstnică în camera de zi.

— Uite ce a târât pisica în casă, spuse Bryan sarcastic când ajunseră în încăpere.

Gura Beckăi se deschise, dar nu reuși să scoată nici un sunet. Ariel icni cu necaz, iar un surâs sumbru se cocoță pe buzele lui Max. Bărbatul cam ghicise de ce femeia își făcuse brusc apariția.

Doar copiii și-au întâmpinat străbunica cu țipete de veselie și au alergat spre ea.

— Hei, ușor acum, copii, se pregăti femeia pentru atacul lor. Nu vreau să mă dărâmați, îi avertiză ea cu severitate.

Cu toate acestea, îi sărută pe obraji și îi mângâie pe cap. După o căutare foarte atentă prin geanta sa voluminoasă, Rebecca scoase câte o ciocolată și un ursuleț pentru fiecare dintre ei.

Becka o porni spre ei ca să protesteze împotriva ciocolatei, dar Bryan o opri cu o clătinare a capului. Nu credea el că o tabletă mică de ciocolată va avea un rezultat prea serios și nu voia să înceapă să se certe cu Rebecca în legătură cu aceasta.

Bărbatul știa că o ceartă se pregătea să izbucnească oricum. El doar nu voia să mai adauge lemne la acel foc specific.

— Acum duceți-vă și vă jucați, le ordonă Rebecca copiilor, plesnindu-i cu palma peste fund pe amândoi.

Sean își privi jucăria și pufni ironic. Ei nu aveau nevoie de astfel de lucruri inutile. Cu toate acestea, băiatul observă privirea de avertizare a tatăului său și își ținu gura închisă.

— Nu vrei să iei loc, buni? gesticulă Becka spre un fotoliu destul de departe de Ariel și Max. Bryan îți va aduce niște cafea, îi oferi ea.

— Da, cred că trebuie să iau loc pentru această discuție, dar nu voi avea nevoie de cafea, se încruntă mai vârstnica femeie. Sunt atât de dezamăgită acum încât nici nu pot sta în picioare, adăugă ea, îndreptându-se cu pași apăsați spre fotoliul pe care i-l indicase Becka.

Bryan părăsi încăpere și se duse la bucătărie să îi aducă femeii niște cafea, chiar dacă aceasta o refuzase.

Ariel își privea străbunica pe sub gene. Își amintea ea bine ce le făcuse femeia altora. Așa că Ariel se aștepta ca aceasta să înceapă să scuipe venin curând.

Max părea să nu fie îngrijorat de prezența femeii. Atâta timp cât Ariel stătea alături de el, lui, unuia, nu îi păsa de ce avea altcineva de spus.

— M-ai deziluzionat, domnișorico, își întoarse Rebecca ochii duri asupra lui Ariel. Am crezut că ești cea mai inteligentă din grupul ăsta, își scutură ea capul cu dezamăgire.

— Ce vrei să spui? se încruntă Becka, privind spre Rebecca.

Femeia mai vârstnică își flutură degetele a concediere, dar Becka nu se lăsă.

— Am întrebat ce vrei să spui, buni, spuse ea cu mânie în voce.

— Nu vorbesc cu tine, Becka, se răsti Rebecca la mai tânăra sa strănepoată.

— Dar când ai zis *cea mai inteligentă din acest grup,* clar m-ai inclus și pe mine în discuție, i-o întoarse Becka, iar ochii ei luciră de furie cu greu ținută în frâu.

— Ei bine, consideră că tu ești exclusă, își flutură Rebecca mâna. Nu am nimic împotriva lui Bryan. El e un bărbat deștept. Vorbesc despre ceilalți, așa că taci din gură, îi ordonă femeia.

— Rebecca, știi că nu apreciez deloc să văd că folosești acest ton cu soția mea, o mustră Bryan liniștit, întorcându-se cu cafeaua.

Bărbatul, de asemenea, își aplecă capul spre copii, avertizând-o pe femeia mai vârstnică să își controleze cuvintele. El nu voia ca aceștia să fie martori la mitocănia acesteia vizavi de mama lor.

— Pentru numele lui Dumnezeu, puteți să vă opriți din a mă întrerupe? își întoarse Rebecca ochii plini de fulgere spre Bryan. Nu voi fi oprită din a spune ceea ce am venit să spun, își lovi femeia genunchiul cu palma.

— Dați-i doamnei voie să vorbească, interveni Max.

Omul o întâlnise pe femeie în trecut și știa că aceasta nu se va opri din a-și împărtăși părerea numai pentru că nu-i plăcea cuiva.

— Nu am nevoie de ajutorul tău, femeia mai bătrînă îl șchifui pe bărbat cu privirea ei întunecată. Acum, tu, fată, ce naiba ți-o fi trecut prin minte de te-ai încurcat cu ticălosul ăsta de joasă speță? o admonestă ea pe Ariel, iar o grimasă îi întinse buzele subțiri.

— Pardon? i-o întoarse Ariel pe un ton de sus, ridicându-se în picioare.

— M-ai auzit bine, fată, îi răspunse Rebecca. Ai avut o șansă să ai lucruri mai bune, își scutură ea capul. Încă mai ai, o avertiză femeia pe strănepoata sa. Dar, numai dacă îți revii în simțiri.

— Sunt destul de sigură că mi-am regăsit rațiunea, își puse Ariel mâinile pe șolduri. Te-am tot ascultat și am încercat să fac ceea ce voiai tu, strigă tânăra femeie. Și pentru ce? Să petrec o viață sterilă, așteptând ca tu să îmi arunci niște firmituri? lovi ea cu piciorul în podea.

— Frumos comportament, fată, observă Rebecca cu sarcasm. Crezi că dacă faci o criză de isterie ca un copil mic mă vei face să îmi schimb părerea? își flutură ea mâna cu dispreț.

Ochii lui Ariel deveniră de un verde mai întunecat, iar scântei păreau să erupă în spațiul ce le despărțea pe cele două femei. Temperatura crescu cu câteva grade, iar sprâncenele lui Max i se arcuiră pe frunte.

Bărbatul nu știa la ce se putea aștepta de la o confruntare înfierbântată între cele două femei, dar își imagină că lucrurile puteau evolua și mai ciudat de atât. De asemenea, se întrebă el cât de înțelept ar fi fost să se lase prins între cele două.

Cu toate acestea, Max nu putea abandona câmpul de bătaie. Nu avea nici cea mai mică intenție de a renunța la pretenția sa asupra inimii lui Ariel.

Bryan acoperi distanța dintre el și Becka în tăcere.

— Ia copiii sus, Becka. Cred că mai bine ar fi acolo, îi șopti el soției sale.

— Nu, nu este cazul să îi ia de aici, se întoarse Rebecca spre ei. Ar trebui să învețe de la o vârstă fragedă unde te poate conduce prostia, spuse femeia.

— Eu cred că au suficient timp la dispoziție să învețe ceea ce e bun pentru ei sau nu, observă Bryan pe un glas liniștit. Becka, își întoarse el privirea plină de înțeles spre soția sa.

Becka dădu din cap și le ceru copiilor să o urmeze.

— Dar vreau să stau și să văd, protestă Sean când mama sa îl luă de mână.

Stele rebele luminară ochii de un albastru înghețat al copilului, foarte similari cu ai tatălui său. Bryan îl privi fix, impasibil, iar băiatul își urmă imediat mama fără alte comentarii.

Rebecca clocoti câteva secunde, considerând un afront personal refuzul lui Bryan de a permite copiilor săi să fie martori la ceartă. După aceea, privirea femeii se întoarse spre Ariel.

— Hai să punem capăt acestei șarade, Ariel. Dacă îmi vrei banii, atunci te vei descotorosi de lipitoarea asta, arătă ea spre Max, ai cărui ochi se rotunjiră la cuvintele ei.

— Eu, una, văd doar o lipitoare în această încăpere, i-o întoarse Ariel pe un ton de sus. Și aceea ești tu. Ai vrea să sugi lumina vieții din noi. Nu ne dai absolut nimic fără condiții și te bucuri de nefericirea noastră, explică tânăra femeie când ochii străbunicii sale părură să iasă din orbite.

Rebecca se bâlbâi câteva momente, incapabilă să-și găsească cuvintele. Femeii nu îi venea să creadă că Ariel îndrăznea să spună astfel de lucruri. Culoarea din obrajii ei deveni un roșu întunecat, iar o durere surdă începu să îi pulseze în tâmple.

Bryan o privi pe femeia mai vârstnică cu atenție și se apropie de ea.

— Te simți bine, Rebecca? o întrebă bărbatul cu solicitudine, temându-se că femeia s-ar putea să aibă un atac cerebral.

Rebecca îl împinse cu putere de lângă ea și se repezi la Ariel.

— Tu, femeie nerecunoscătoare, mândră și inutilă. Am vrut să îți dau totul pentru că restul lotului s-a scos singur din competiție. Și așa îmi mulțumești tu? strigă ea.

Flăcări dansară în ochii întunecați ai femeii, iar contrastul dintre culoarea lor și albul de zăpadă al părului ei deveni și mai remarcabil.

Max nu își putea lua ochii de la ea. O fi părut femeia fragilă la prima vedere, dar acum, ea îl mesmeriza cu puterea pe care ținuta și mânia ei o dezvăluiau.

Ariel pufni cu dispreț.

— Ca și cum te-aș și crede, își flutură tânăra femeie mâna. Te-am crezut pentru o vreme, recunoscu ea. Dar, atunci, eram convinsă că nu voi avea niciodată șansa să îmi găsesc dragostea adevărată, îi explică Ariel.

— Asta este ceea ce numești tu dragoste? îl biciui ea pe Max cu o privire sumbră. O față drăgălașă, tatuaje și mintea unei vrăbii? întrebă ea cu sarcasm.

— Hei, stai așa, interveni Max, considerând că îi permisese femeii să îl insulte suficient. Ar trebui să îți controlezi limbajul, exclamă bărbatul, jignit să fie judecat astfel.

— Tu să taci din gură, mârșavule, i-o întoarse femeia cea vârstnică, iar apoi se întoarse din nou spre Ariel.

Ochii mai tinerei femei se îngustaseră deja, iar mâinile i se strânseră în pumni. Cu toate aestea, Ariel reuși să își păstreze cât de cât calmul. Știa ea că era posibil ca ceea ce Rebecca urma să spună o va împinge spre o furie și mai profundă.

— Uită-te la el, pentru Dumnezeu, strigă Rebecca, gesticulând spre Max cu dispreț maxim. Pe bune? Pe bune, Ariel? Am sperat mai mult de la tine, fată, își scutură ea cu dezamăgire capul albit.

Ariel se mulțumi doar să se uite fix la străbunica cu foc în ochi. Tânăra femeie își strânse buzele pentru ca să nu fie tentată să vorbească înainte ca Rebecca să fi terminat ce avea de spus. Se gândi că ar fi fost mai bine să fie totul spus deodată.

— Să pici în fața primului chip mai drăgălaș, cu mintea ca o păsărică și cu aura unui băiat rău, este pur și simplu stupid, Rebecca își scutură capul mânioasă. Repet, Ariel. Îl vei trimite la plimbare dacă știi ce este bine pentru tine. Iar apoi, îmi voi revizui trustul și îți voi oferi o sumă sănătoasă în avans, încercă femeia să o convingă pe Ariel și să o facă să îi accepte felul de a gândi. Când vei găsi un bărbat așa cum trebuie, dintr-o familie bună, vei primi restul, îi explică Rebecca care erau condițiile ei.

— Ai terminat? o întrebă Ariel pe femeia mai vârstnică pe un ton glacial.

— Cum îndrăznești? i-o întoarse Rebecca, iar cuta dintre sprâncene i se adânci și mai mult.

— Ei bine, considerând ceea ce tocmai ai spus, nu este nevoie să mă mai abțin din a sublinia ceea ce este evident, ridică Ariel din umeri cu indiferență, deși fierbea de mânie în interior. Deci tu crezi că poți să-mi fluturi banii în fața nasului și eu mă voi prosterna în fața ta ca un câine credincios, tânăra femeie rezumă tirada Rebeccăi cu o scuturare a capului. Atunci, să știi că am vești proaste pentru tine, buni, își strânse Ariel buzele. Pot să trăiesc și fără pomenile tale jalnice. Am tot ce am nevoie aici, i se alătură ea lui Max și își puse mâna pe brațul bărbatului.

— Îndrăzneşti să mă provoci, fată? îşi îngustă Rebecca ochii până ce deveniră două fante înguste.

Ariel îşi aplecă capul pe o parte şi păru să mediteze la întrebarea aceea pentru o clipă.

— Cred că da, spuse ea, iar vocea ei trădă faptul că şi ea era un pic surprinsă de acea realizare.

Rebecca îşi scutură capul, negând cuvintele ei. Nu putea crede că Ariel, cea care întotdeauna respectase regulile şi nu le încălca sub nici o formă, era în stare să îi respingă cererile.

— Acum, dacă totul a fost pus la punct, cred că noi ne vom întoarce acasă, Bryan, spuse Ariel, întorcându-se spre cumnatul ei, cu un zâmbet anemic pe buze.

Conflictul verbal cu străbunica ei o obosise peste măsură. Tânăra femeie îşi imagină că, probabil, va avea veşti şi de la mama ei în acea seară. Nu se îndoia că Rebecca o va suna pentru a se plânge de comportamentul ei. Acel gând o obsosi şi mai mullt.

— Nu vei pleca nicăieri, domnişorico, nu până ce îmi vei spune că vei uita de ăsta, arătă Rebecca spre Max. Înţeleg hormonii, încercă ea să arate ceva empatie. Am fost şi eu tânără o dată, îi explică femeia pe un ton mieros, fără a intra în amănunte însă. Dar, asta nu înseamnă să arunci totul pe fereastră. Nu e nevoie să cumperi toată vaca pentru ceva lapte dacă ştii ce vreau să spun, îi zâmbi ea subţire lui Ariel.

Pentru o secundă ceilalţi patru oameni din încăpere se holbară la bătrâna femeie în şoc. Bryan îşi deschise gura să spună ceva, dar îşi schimbă părerea şi îşi scutură capul, nevenindu-i să creadă ce auzea. Omul nici măcar nu reuşea să găsească un răspuns plauzibil la acele cuvinte.

Sprâncenele lui Max i se ridicară atât de sus pe frunte că dispărură complet sub coama sa de păr deasă. Privirea bărbatului se întoarse spre femeia de lângă el, aplecându-şi capul cu curiozitate. Omul trebuia să ştie cam ce avea ea de spus despre acel ultimatum.

Nici măcar nu făcuseră dragoste încă, iar bărbatul nu voia să o preseze pe Ariel să facă ceva ce nu dorea. El considera că aceasta îi va da un semn atunci când ar fi venit timpul, deși el spera că acel semn va apărea destul de curând. Nu știa cât de mult va mai rezista fără să împartă un dormitor cu ea.

Ariel își umezi buzele nervoasă și îi strânse mâna bărbatului. Dorea să îl asigure de intențiile ei, dar și simțea nevoia să împrumute ceva din tăria lui pe moment.

Max îi arătase atât de multă răbdare și statornicie în comportamentul față de ea, încât uneori Ariel se simțea rușinată de modul în care îl tratase înainte. Acum își dădea ea seama că, în ultimii câțiva ani, fusese pe cale să se transforme într-o versiune mai tânără a Rebeccăi, și se ura pe sine pentru asta.

Bărbatul ce se afla lângă ea în acel moment îi arătase cum putea fi viața dacă își abadona amărăciunea. Ariel nu avea nici un gând să renunțe la asemenea șansă doar pentru a obține banii Rebeccăi.

Întotdeauna, tânăra femeie avusese visul de a clădi o afacere de arhitectură peisagistică. Știa că nu mai putea să o facă dacă refuza propunerea străbunicii sale.

Cu toate acestea, Ariel înțelegea că va obține ceva mult mai prețios dacă nu accepta ce îi propunea Rebecca. Oricum, tânăra femeie spera ca Max să îi permită să experimenteze cu terenurile sale extinse. Așa ceva ar fi fost suficient pentru a-i potoli setea pentru design și de a construi o grădină plină de stil.

În realitate, bărbatul nu o ceruse de soție încă, dar ea nu se îndoia că o va face. Max o vânase prea mult timp ca să renunțe acum. Bărbatul mai că își dăduse viața pentru a ei.

Max deja îi arătase ceea ce simțea, iar Ariel era sigură că vor urma și cuvintele. Femeia nu credea că ar fi putut dori altceva mai mult de la un bărbat.

— Deci? Ce mai aștepți, Ariel? o întrebă mai vârstnica femeie cu nerăbdare.

Avea ea senzaţia că puterea pe care o avusese asupra mai tinerei femei se slăbea din ce în ce mai mult şi, de aceea, voia să o oblige să aleagă atunci. Rebecca ştia că Ariel iubea banii mai mult ca orice. Mai vârstnica femeie spera că, oferindu-i nişte bani pentru moment strănepoatei ei, ar putea înclina balanţa în favoarea sa.

— Aştept să mă calmez suficient de mult pentru a-ţi răspunde cu o urmă de respect, numai pentru că eşti un membru în vârstă al familiei noastre, îi răspunse tânăra femeie.

— Perfect, interveni Bryan brusc. Poate că, până ce Ariel îşi regăseşte calmul, îţi pot oferi ceva de băut, Rebecca, îi propuse el femeii mai în vârstă.

O solicitudine forţată răsună în vocea lui pentru că bărbatul observase luminile întunecate ce începuseră să lucească în pupilele femeii şi era dornic să evite o explozie.

— Nu am nevoie să beau ceva acum, lătră femeia la el şi îi aruncă o privire care l-ar fi făcut pe un bărbat mai slab de înger să se scurgă într-o baltă la podea.

Cu toate acestea, blondul uriaş îi ascultă cuvintele fără să se cutremure de spaimă. Nu că s-ar fi aşteptat Rebecca să-l vadă făcându-se mic în faţa ei. În fond, îl cunoştea ea bine.

— Dar eu am nevoie, îi răspunse Bryan cu un surâs forţat pe buze. Poate că şi tu ai vrea o băutură, se întoarse el spre Max, care dădu din cap viguros.

Bărbatul îşi simţea gâtul uscat. Nici că putea să îi fie mai recunoscător lui Bryan pentru ideea sa.

— Doar o clipă, Max şi îţi voi turna una, se îndreptă Bryan spre barul ascuns în camera de zi.

Când trecu pe lângă Max, îi făcu cu ochiul şi îl plesni peste umăr cu cordialitate.

— Nu am timp pentru tot acest nonsens, strigă Rebecca în urma lui.

— Toată lumea are timp pentru o băutură când se află într-o vizită de curtoazie, surâse Bryan, întorcându-și capul spre ea. Considerând că ți-ai făcut timp să vi până aici, sunt convins că programul tău e liber în după-masa aceasta, Rebecca. Hai să ne relaxăm și să avem o vizită plăcută, spuse omul după ce deschise barul.

Se îndoia el că așa ceva ar fi fost posibil, dar uneori vorbind despre nimicuri ajuta. Bryan știa că, în acel moment, aveau nevoie de tot ajutorul posibil. Rebecca era pe punctul de a exploda.

— Și dacă nu ai timp, atunci noi nu te mai reținem, interveni și Ariel cu vioiciune forțată.

Timp de câteva secunde, Rebecca se înecă. Femeia nu își putea găsi cuvintele. După aceea, barierele iadului se rupseră.

CAPITOLUL DOUĂZECI ȘI TREI

Chipul Rebeccăi se încreți, iar femeia făcu câțiva pași furioși spre Ariel. Max imediat o trase pe femeie în spatele lui și o confruntă pe femeia mai în vârstă.

— Să nu îndrăznești să-și pui mâinile pe ea, o avertiză el pe Rebecca cu o privire dură.

— Voi face mult mai mult decât să îmi pun mâinile pe ea, îi răspunse femeia pe un ton dur. Acum, dă-te la o parte, vierme, gesticulă ea spre el.

— Nu cred că mă voi mișca, își scutură Max capul, fără să se miște nici un centimetru, deși Ariel îl împingea de la spate pentru ca să poată ea să ajungă în fața străbunicii sale.

Bryan își ridică mâinile și se îndreptă spre femeia mai în vârstă. Bărbatul își dăduse seama că situația devenise deja critică, iar el trebuia să încerce să detensioneze situația.

— Rebecca, hai să discutăm totul cu calm și rațiune, propuse bărbatul, atingând brațul femeii cu blândețe.

Deodată, Rebecca își împinse brațul contra lui, iar Bryan zbură cât colo, zborul său oprindu-se pe sofa. Bărbatul gemu când ateriză pe pernele canapelei. Deși acestea îi făcuseră aterizarea mai moale, el tot își pierduse răsuflarea.

Bryan se uită fix la Rebecca cu uluire. Nu putea crede că femeia îl atacase fizic și încercă să își regăsească suflul pentru a o admonesta pe bătrâna vrăjitoare.

Bătrâna femeie îi aruncă o privire pentru o clipă. Dorea să se asigure că bărbatul nu era rănit. În fond, ea ținea foarte mult la Bryan. Dar, aceasta nu presupunea ca ea să îi accepte interferența.

Rebecca era acum o femeie cu un țel clar. Deja pierduse orice contact cu cea mai mare parte a strănepoților ei din cauza încăpățânării acestora. Femeia nu voia ca acel lucru să se întâmple și cu Ariel.

Cu ochii lărgiți de uimire, Max privi de la Rebecca spre Bryan și înapoi. Acțiunea femeii îl șocase. Bărbatul nu se gândise niciodată cu adevărat ce însemna o vrăjitoare. Acum că vedea efectele, Max începu să se îndoiască de abilitățile sale de a o proteja pe Ariel sau pe el însuși în fața femeii.

— Mișcă-te acum din calea mea, Max, îl lovi Ariel cu pumnul în spate. Bătrâna vrăjitoare mă vrea pe mine, nu pe tine, strigă ea.

— Aha, ți-ai pierdut mințile, puiule, se încruntă bărbatul. Probabil că ți-a afectat creierul creșterea temperaturii din încăpere, mai observă el, împingând-o înapoi.

Rebecca se îndreptă cu pași mari spre cei doi tineri, iar felul în care aceasta pășea îl îngrozi pe Max. Cu toate acestea, bărbatul nu se mișcă de pe loc și o privi pe femeia mai vârstnică cu ochi duri, încercând din greu să își ascundă teama.

Femeia se opri la mai puțin de un metru depărtare de el. Ochii ei luceau de mânie, iar chipul îi era acoperit de roșeață. Fremeia își strânsese buzele într-o linie subțire din cauza furiei, iar pieptul i se ridica și cobora sub respirația ei greoaie.

Bryan înțelese că, în acel moment, Rebecca era în stare de absolut orice și bărbatul încercă să se ridice de pe sofa. Omul nu știa cum ar fi putut opri inevitabilul, dar nu putea să rămână pe loc și să fie martor la uciderea prietenului său cel mai bun. De altfel, el nici măcar nu era sigur dacă Ariel va avea o soartă mai bună decât a lui Max.

Rebecca își răsfiră degetele și împinse aerul din fața ei cu palmele. În același moment, Bryan îi strigă numele, dar bătrâna nu păru să îl audă. Aceasta împinse mai tare și spre dreapta, iar Max căzu la podea cu un bubuit răsunător.

Bărbatul gemu. Dureri vechi se reîntoarseră la viață, iar din colțul gurii începu să-i curgă sânge. Max încercă să se susțină pe brațe pentru a se ridica, dar simți o durere ascuțită în brațul stâng. *La naiba, abica ce am scăpat de suturi. Nu încă o dată, la naiba,* înjură el numai pentru urechile sale.

Preț de câteva momente, Ariel înghețase, văzându-l pe Max aruncat cât colo ca o marionetă. Tânăra femeie își pierduse și ea echilibrul pentru câteva clipe, dar reușise să rămână în picioare.

Tânăra femeie se grăbi să ajungă la Max și îl ajută să se ridice de la podea. Bărbatul nu arăta prea bine, iar nuanța gri a chipului său o îngrijora.

Ariel se întoarse spre Rebecca și scuipă printre dinții strânși:

— Vei plăti pentru asta, vrăjitoare întunecată și nebună.

Rebecca rânji spre ea și își ridică din nou brațele, de data împotriva lui Ariel.

— Becka, strigă Bryan, nemaiștiind ce să facă. Vino jos acum! strigă el cât de tare putea, în același timp încercând să se ridice de pe sofa pentru a se repezi spre Rebecca.

Femeia mai vârstnică se întoarse spre el, iar obsidianul ochilor ei îl îngrozi pe Bryan. Furie pură lucea în pupilele ei, iar omul înțelese că femeia nu va mai asculta de rațiune. Bărbatul se gîndi să ajungă la Rebecca și să o imobilizeze, dar femeia împinse aerul din fața lui, iar Bryan zbură înapoi pe locul de unde plecase.

Ariel își ridică palmele, iar verdele ochilor ei se întunecă și deveni negru. Tânăra femeie își dezgoli dinții și împinse cu palmele în fața sa, în timp ce un vechi strigăt indian de bătălie izbucni din gura ei.

Max o privi cu uluire în timp ce se chinuia să se ridice în picioare.

Rebecca se poticni și făcu un pas în spate, dar își recâștigă echilibrul rapid. Cu un chicotit, femeia se întoarse împotriva strănepoatei sale și aruncă un fulger de lumină împotriva ei.

— Ah, nu, nu vei face așa ceva, strigă Max din toate puterile și se aruncă între Rebecca și Ariel.

Fulgerul îl străpunse, iar bărbatul căzu din nou la podea.

Preţ de o clipă, Ariel îngheţă pe loc, dar mai apoi, uitând de Rebecca, se grăbi la căpătâiul lui Max. Tânăra femeie îi atinse buzele cu palma şi aşteptă să îi simtă respiraţia pe piele. Plasă cealaltă mână pe pieptul bărbatului şi îl presă cu putere.

Victorioasă, Rebecca râse şi se pregăti să o lovească pe Ariel. Nu mai era nimeni acolo care ar fi putut să o protejeze pe tânăra femeie.

Bătrâna îşi pusese toate speranţele în acea fată, aşa că nu o putea ierta pe tânăra femeie pentru dezamăgirea ce i-o adusese în suflet.

Rebecca tocmai îşi împingea mâinile în direcţia lui Ariel când Becka intră în fugă în cameră. Tânăra femeie imediat pricepu ce se petrecea şi, cu ochii îngustaţi la maximum, îşi răsfiră degetele înspre Rebecca. Un vârtej de vânt puternici o înconjură pe femeia mai vârstnică, rotind-o pe loc.

Bătrâna urlă din cauza durerii, iar Becka îşi coborî degetele. Rebecca gâfâi şi o biciui pe femeia micuţă cu o privire plină de ură.

Becka îşi înclină capul într-o parte şi îşi ridică sprâncenele.

— Pot să-mi dau seama de ce îţi trece prin cap, buni, spuse ea pe tonul ei obişnuit. Nu uita, însă că, indiferent de faptul că ai mai multă experienţă, eu sunt mai puternică, o avertiză ea pe femeia mai vârstnică.

— Stai jos acolo, Rebecca, o trase Bryan pe femeie spre un fotoliu şi îi arătă să se aşeze. Nu te mişca. Nu îndrăzni nici măcar să mişti un muşchi. O voi pune pe Becka să se ocupe de tine dacă nu te potoleşti, o ameninţă el, iar duritatea trăsăturilor sale o determină pe femeie să nu deschidă gura.

Bărbatul se vădea a fi extrem de serios.

După aceea, Bryan se îndreptă spre Ariel şi Max.

— În ce stare este? o întrebă el pe Ariel, îngenunchind lângă ei.

Tânăra femeie îşi ridică capul, iar tristeţea din ochii ei îi înfipse bărbatului un cuţit în inimă. Acesta observă lacrimile nevărsate din ochii ei şi îşi scutură capul, nevenindu-i să creadă ce se întâmpla.

— Respiră încă, îi atinse Ariel mâna lui Bryan, dând-şi seama că bărbatul presupunea ce era mai rău. Nu ştiu ce altceva să fac, şopti ea.

— Sun-o pe mătuşa Marjorie, propuse Becka. Şi pe Maggie, adăugă ea rapid, amintindu-şi că talentul verişoarei sale era vindecarea.

Maggie era destul de bună, chiar dacă nici ea nu ajunsese să îşi rafineze talentul.

Ariel dădu din cap.

— Cred că asta ar fi o soluţie, se arătă ea de acord cu Becka.

Bryan o sărută pe femeie pe creştetul capului, iar apoi se duse să facă apelurile. Becka continuă să o supravegheze pe Rebecca cu o hotărâre implacabilă.

— Sper că înţelegi că nu mai eşti deloc binevenită în această casă din nou, îi spuse Becka pe um ton îngheţat. Nu ne vei mai vedea nici pe noi şi nici pe copiii noştri. Nu te vreau alături de ei de acum înainte.

Rebecca încercă să spună ceva, dar Becka îşi aplecă capul, ridicându-şi sprânceana stângă, iar femeia mai vârstnică îşi ţinu gura. Rămase aşezată, clocotind în tăcere, păstrându-şi mâinile împletite în poală.

Ariel o studie cu detaşare. Bătrâna nu arăta deloc rău, ţinând seama prin ce trecuse. Părul ei alb ca zăpada părea ciufulit, dar femeia nu suferise altfel.

Tânăra femeie îşi scutură capul, deziluzionată că nu exista nici un fel de dreptate în acea situaţie. După aceea, se aplecă din nou asupra lui Max. Bărbatul încă respira, iar acel lucru îi menţinea şi ei speranţa vie.

CAPITOLUL DOUĂZECI ȘI PATRU

Marjorie și Maggie lăsară totul deoparte și veniră acasă la Becka în mai puțin de zece minute. Bryan fusese destul de succinct la telefon, dar femeile înțeleseseră că lucrurile nu stăteau bine deloc.

Înainte de a părăsi casa, Marjorie îl sună și pe tatăl său și îi ceru lui Adam să vină și să o ia pe mama sa de la casa nepoatei sale. Femeia îi spuse că ceva trebuia făcut cu Rebecca pentru că femeia dădea semne mai acute de pierdere a minții decât înainte.

Când cele două femei intrară în camera de zi, nu-și putură crede ochilor. În afară de Becka, care arăta precum o zeiță atotputernică, pe toți ceilalți se vedeau semne că trecuseră prin momente cumplite.

Riduri noi își făcuseră apariția pe chipul Rebeccăi, iar buzele sale păreau să se fi subțiat și mai mult. Rebecca stătea așezată într-un fotoliu cu mâinile împreunate în poală și cu o expresie de rebeliune pe chip. Cu o lumină întunecată în ochi, femeia privea tot ce se petrecea în jur. Ținuta ei rigidă îi trăda disatisfacția ei vizavi de acțiunile tinerilor.

Bryan își aplica presiune asupra coastelor cu mâna sa dreaptă, semn că fusese rănit, iar lui Marjorie nu îi plăcu nici lumina distantă din ochii lui.

Bărbatul se întinsese pe sofa și pusese monitorul pentru copii pe măsuța de cafea din fața lui. Bryan insistase ca pruncii să fie lăsați să se joace la etaj. Nu voia ca aceștia să fie martori la ceea ce se petrecea cu adulții la parter.

Ariel nu avea pic de culoare în obraji, iar buzele ei roz, palide, tremurau involuntar. Tânăra femeie îi ținea capul lui Max în poală și își trecea degetele prin coama întunecată a bărbatului, încercând să îl aline, deși acesta nu răspundea la acțiunile ei.

Starea bărbatului le îngrijoră cel mai mult pe Marjorie și pe Maggie. Singurul lucru bun părea să fie că acesta încă respira. Altfel, omul nu dădea nici un semn că ar răspunde la stimuli și era fierbinte la atingere.

Mamă și fiică se priviră una pe cealaltă și, cu o aplecare a capului, începură să îi scoată bărbatuluoi puloverul și cămașa. După ce terminară cu acestea, ambele femei își puseră mâinile pe pieptul lui gol.

Își închiseră ochii în același timp și, cu o expresie de maximă concentrare pe chip, cele două femei își lăsară capul pe spate, apăsându-și degetele pe pielea umedă și lipicioasă a bărbatului. Locurile de sub degetele lor începură să se încălzăsească, iar o lumină strălucitoare trasă forma palmelor lor.

După câteva minute, respirația superficială a bărbatului se schimbă și deveni mai profundă. Trăsăturile femeilor arătau semne de încordare și oboseală. Marjorie își deschise ochii și îi ceru lui Ariel să li se alăture. Ariel o privi cu confuzie, dar mai apoi, cu ezitare, își puse și ea mâinile pe pielea lui Max.

— Haide, Ariel, izbucni Maggie în râs. Nu fi lașă. Avem nevoie de tine aici, fată.

Ariel îi scoase limba verișoarei sale, dar mai apoi își apăsă și ea tare palmele pe pieptul bărbatului și se concentră doar pe vindecarea lui.

După câteva secunde, Max își deschise ochii și privirea lui se opri pe fața lui Ariel. Bărbatul respiră profund, oftă, iar mai apoi, scuturându-și capul, spuse:

— Știi că acum trebuie să mă iei de bărbat. Oi avea tu o familie lunatică, dar cred că meriți, sublinie el pe un glas slăbit.

Izbucnind într-un râset tremurător, Ariel își scutură capul.

— Cum de ai ajuns la această concluzie? îl întrebă ea, ușurată să vadă că bărbatul își revenise.

— Păi, mi-ai salvat viața, așa că, acum, trebuie să te măriți cu mine, își explică el motivele cu sinceritate. Nu e cale de întors, adăugă el, privind-o pe Ariel cu ochi vulturești. Trebuie să veghezi asupra mea pentru totdeauna, sublinie el.

— Marjorie și Maggie ți-au salvat viața, îi corectă Ariel părerea. Nu crezi că ar trebui să te însori cu una dintre ele? îl întrebă ea, lăsându-și capul pe o parte, iar buzele îi zvâcniră cu amuzament.

— Ah, nu, îi răspunse Max, scuturându-și capul. Ele au ajutat, poate, dar fără tine, nu m-ar fi adus ele înapoi de la hotar. Apropo, am văzut lumina de la capătul tunelului, glumi el, mișcându-și sprâncenele. Oricum, eu aleg să mă însor cu tine, își exprimă el din nou dorința.

— Are dreptate, să știi, îi mângâie Marjorie brațul nepoatei sale. Fără tine, nu am fi reușit. Am avut nevoie de tine pentru asta. Am avut nevoie de ce ai tu în inimă, îi explică ea.

— Dar tot trebuie să mergi la spital pentru suturi la chestia aia, îi arătă Maggie lui Max rana din brațul lui.

— Oh, nu din nou, se încruntă bărbatul cu exasperare. În ultima vreme am fost în spital atât de des încât aproape că îmi pot vinde casa ca să mă pot muta direct acolo, se plânse Max.

— Îmi pare rău, îi spuse Marjorie. Dar sunt lucruri pentru care nu avem permisiune. Trebuie să te duci la camera de urgență pentru asta.

Bărbatul gemu, dar acceptă inevitabilul. După aceea, pentru a uita ce-l aștepta la spital, se întoarse spre Ariel cu speranță în priviri.

— Nu mi-ai răspuns încă. Deci, te măriți cu mine? o întrebă Max din nou.

— Sigur că da, râse ea, cu lacrimi în ochi.

— Curând? insistă bărbatul.

— Cât de curând vrei tu, aprobă ea, dând din cap. Poți chiar și să alegi locul, îi oferi tânăra femeie cu generozitate.

— Putem să o facem la spital, propuse Max plin de dorință, dar toată lumea îl privi de parcă tocmai își pierduse mințile. Nu vă uitați așa la mine, își trecu el privirea peste cei din încăpere. Noi doi am petrecut mai mult timp în afurisitul ăla de spital decât oriunde altundeva. Pare chiar obligatoriu să ne căsătorim acolo.

— Sper că glumești tinere, interveni Adam, fiul Rebeccăi, care tocmai ajunsese. Nepoata mea nu se va mărita la spital. Alege un alt local, bărbatul ordonă cu atâta autoritate, încât Max simți nevoia să salute.

Bătrânul bărbat părea să aibă ținuta unui general.

— Desigur, domnule, se grăbi Max să se arate de acord cu el. Ne vom căsători după ce voi ieși din spital și acasă la mine. Am un sistem de securitate bun, știți, adăugă el, privind de la unul la celălalt. Vrăjitoarea aia nu va trece de ușa de la intrare, îi promise el lui Ariel, arătând spre Rebecca, iar tânăra femeie râse la cuvintele lui.

CAPITOLUL DOUĂZECI ȘI CINCI

Î n martie, Ariel deveni soția lui Max. Cei doi își recitară jurămintele în casa lui, în fața ușilor franceze ce se deschideau spre grădină. Vremea era mai blândă acum, iar soarele străluci deasupra ceremoniei lor.

Întreaga familie Winston era prezentă, cu excepția Rebeccăi. Oricum, absența ei aduse bucurie în inima lui Jay. Bărbatul nu mai putea suporta să o vadă pe străbunica sa. Nici ceilalți nu îi duceau lipsa. Rebecca devenise prea destructivă în ultima vreme și nimeni nu voia să vadă ce putea femeia să mai facă.

Nunta nu se desfășură lin, dar așa ceva era de așteptat. Nici unul din familia Winston nu alegea o persoană obișnuită pentru căsătorie, așa că mereu se întâmpla câte ceva.

De data aceasta, mireasa își luă tot timpul din lume pentru a se pregăti într-una din camerele de oaspeți, așa că întârzie la ceremonie. Max așteptă răbdător vreo douăzeci de minute, chiar dacă începuse să își verifice ceasul, în timp ce patrula prin fața pastorului.

Cu o grimasă, bărbatul observă că momentul când ar fi trebuit să se însoare a venit și s-a dus. Cu toate acestea, rămase la locul lui, făcând o oarecare conversație cu pastorul și Bryan, cavalerul lui de onoare.

După ce douăzeci de minute trecuseră, însă, Max își pierdu răbdarea. Omul mărșălui afară din camera de zi cu pași apăsați și fugi în sus pe scări spre ușa camerei unde se afla Ariel, pretinzând că nu îl auzea pe cavalerul său de onoare care îl implora să continue să aștepte liniștit.

— Ariel, dacă nu ieși din încăperea asta în cinci secunde, intru eu după tine și te car eu însumi la parter, o preveni el pe femeie pe un ton serios. Mi-ai făcut o promisiune și o vei păstra chiar dacă e să mor de-a lungul acestui proces, își încheie Max discursul într-un strigăt furios.

Emilie, care tocmai îi aranja voalul fiicei sale, îngheţă şi privi spre uşă cu ochi temători. Deja o intimidau statura şi înfăţişarea celui ce era pe cale să îi devină ginere. Tunetul din vocea lui îi făcu inima mică precum un purice.

— Nu te teme, mamă, îi alintă Becka umărul femeii. Mă voi ocupa eu de el. Oricum, grăbeşte-te, Ariel. Nu ştiu cât de mult îl pot ţine să aştepte jos, la parter.

Becka îşi ţinu promisiunea. Femeia îl convinse pe Max să se întoarcă la parter cu ea, dar mai întâi trebui să îi jure acestuia că mireasa sa va sosi în mai puţin de un minut.

— Miresele trebuie să arate bine, Max, îi explică ea bărbatului. Orice mireasă simte nevoia să-şi vedea mirele privind-o cu uluire atunci când se îndreaptă spre el. Pentru a obţine acest efect, este nevoie de timp. Uneori, este nevoie de mai mult timp decât ţi-ai dori. Cu toate acestea, trebuie să-i oferi acel timp. I-l datorezi lui Ariel, îl avertiză ea.

Becka i-l livră pe Max lui Bryan şi, sotto voce, femeia îi porunci acestuia să vegheze mai bine asupra prietenului său. După aceea, Becka, care era şi matroana de onoare, se duse să o întâmpine pe mireasă în holul care ducea spre camera de zi.

Zvonul despre cele ce se întâmplaseră a început să se răspândească printre oaspeţi atunci când Emilie a coborât de la etaj. Emilie s-a aşezat lângă fiul ei, Alex şi i-a povestit ce se întâmplase la etaj. Vocea ei puternică a ajuns la oamenii din al doilea rând şi, de acolo, a fost doar o chestiune de timp până când toată lumea de la nuntă a aflat povestea.

Ceremonia a început în mijlocul chicotelilor şi râsetelor, dar lui Max nu îi păsă. El deja căpătase ceea ce îşi dorise din momentul când i-au căzut ochii pe Ariel prima dată.

Iar bărbatul nici nu a avut nevoie să-şi amintească cuvintele Beckăi atunci când Ariel a pornit-o pe culoarul improvizat. Mireasa lui oricum îi fură respiraţia.

Tânăra arăta ca şi cum tocmai ieşise dintr-un basm. Rochia ei diafană îi scotea în evidenţă forma perfectă a umerilor şi linia taliei. Cu capul ridicat, Ariel păși de-a lungul aleii create de-a lungul încăperii, ținuta ei amintind de cea a unei prinţese. Zâmbetul strălucitor de pe buzele ei nu intra în competiţie decât cu luminile strălucitoare ce dansau în privirea sa.

Max îşi pierdu orice gând coerent și o privi cu buzele întredeschise şi mâinile încleștate în pumni. Bărbatul făcu apel la voinţa sa puternică pentru a se putea controla. Ştia că nu putea ceda instinctelor sale de bază. Cu toate acestea, şi-ar fi dorit să fi putut înşfăca mireasa şi să se încuie cu ea într-una dintre camere, cât mai departe posibil de oaspeţi.

Pastorul se văzu nevoit să-şi limpezească vocea de câteva ori pentru a atrage atenţia omului asupra lui. Îi aruncă lui Max o privire plină de reproş, dar tânărul se mulţummi numai să ridice din umeri. După părerea sa, dacă un bărbat nu se vădea vrăjit de mireasă în ziua nunţii sale, atunci ceva nu era în regulă cu el.

Pastorul întrebă congregaţia dacă era cineva care avea ceva de spus împotriva unirii celor doi tineri, iar majoritatea membrilor familiei Winston se întoarse spre ușă. Aproape toţi se aşteptau să vadă o Rebecca răzbunătoare, apărând, pregătită să arunce blesteme împotriva miresei şi a mirelui. La urma urmei, deja avuseseră ocazia de a vedea aşa ceva.

Max îşi înclină capul spre Ariel şi îi şopti:

— Nu-ţi fă griji, Ariel. Rebecca nu poate pătrunde aici. Oamenii de la poartă au descrierea ei generală. Şi la urma urmei, nu o văd pe Rebecca sărind un gard. Cu toate acestea, dacă o va face, imediat sistemul de alarmă îi va anunţa pe băieţii pe care i-am angajat pentru ziua de astăzi. Oricum, este amuzant cum toată lumea tremură în cizme că străbunica ta ne-ar întrerupe nunta.

Femeia clătină din cap, dar nu îi răspunse. Se întoarse spre pastor şi aşteptă ca acesta să termine ceremonia, astfel încât ea să devină soţia lui Max.

O rază de soare rătăcită străluci peste trăsăturile tinerei femei şi mirele îşi pierdu răsuflarea. Mireasa lui părea fericită și senină.

În acel moment, Max îşi dori să aibă o căsătorie fericită şi paşnică. Totuşi, omul se cam îndoia că ar putea avea ei totul. Ultimele zile îl învăţaseră că pacea era relativă. Nu era ceva ce dura mult între mireasa sa şi el.

Oricum, viaţa lui era plină de pasiune şi nu exista nici măcar o urmă de plictiseală în ea. Acel lucru trebuia să fie suficient. Max era convins că, până la urmă, pacea era mult supraevaluată.

EXTRAS DIN ROMANUL
CU DUBLU TĂIȘ

CAPITOLUL 1

PREZENT – 19 IULIE ...

TÂNĂRA FEMEIE ERA AȘEZATĂ într-un fotoliu comod din holul hotelului. Ținea o revistă deschisă în poală și pretindea că citea un articol captivant.

Purta o pălărie uriașă albastră, menită să-i ascundă jumătate din față. Pălăria se asorta perfect cu rochia de vară scurtă, care-i dezvăluia picioarele bine făcute, lungi și bronzate.

O pereche de ochelari mari de soare negri completau ansamblul și arăta exact ca Audrey Hepburn în *Șarada*.

Ascunși în spatele lentilelor negre, ochii ei urmăreau cu atenție oamenii care treceau pe la recepție și care vorbeau cu recepționerul.

Deja aranjase cu bărbatul mult mai tânăr de la recepția hotelului să o anunțe când persoana care o interesa a apărut. Trebuia doar să ridice mâna, ca și cum ar fi spus '*numai o clipă, vă rog*', urmând să se întoarcă pentru câteva secunde și să pretindă că verifica ceva pe monitorul computerului.

De când își începuse pânda, două cupluri trecuseră pe la recepție să discute cu recepționistul, dar și-au luat cheile și au plecat imediat, așa că nu au mai interesat-o.

În sfârșit, după ce a așteptat mai multe minute plină de nerăbdare, un bărbat înalt brunet s-a apropiat de recepție și i s-a adresat funcționarului. Acesta a dat din cap și a ridicat mâna – semnul asupra căruia conveniseră ei doi în prealabil.

Recepționistul a verificat ecranul computerului câteva secunde, a dat din cap din nou, iar apoi a luat o geantă din spatele contoarului și i-a înmânat-o bărbatului.

Bărbatul a luat geanta, mulțumind cu o înclinare ușoară a capului, iar apoi s-a întors să privească în jur. Ochii i-au trecut expert peste oamenii din holul hotelului.

Lăsa impresia că este doar vag curios, dar, cu toate acestea, femeia a remarcat cu câtă grijă a analizat pe toată lumea. Îi arunca priviri furișe, de teamă că s-ar fi expus dacă privirea i s-ar fi oprit asupra lui pentru mai mult timp.

Și-a imaginat că nu l-a impresionat prea mult pentru că, după ce a privit-o din cap până-n picioare, ochii lâncezindu-i pe lungimea picioarelor ei, bărbatul i-a întors spatele și s-a îndreptat spre lifturi. Probabil nu și-a imaginat că ar fi putut fi periculoasă și de aceea nu i-a păsat prea mult de ea.

Din nou, simțurile ei nu au perceput nimic clar despre el, lucru care o supără mai mult decât înainte. Își dăduse seama că a dat peste prima persoană din lume pe care nu o putea citi defel și neputința o frustra și înfuria în același timp.

Fusese sigură că va reuși să arunce o privire în mintea lui atunci când s-ar fi găsit față în față. Nu părea imposibil, pentru că nu ar mai fi fost nici un fel de obstacole prezente care să-i obstrucționeze percepția.

Aparent, s-a înșelat. Mintea bărbatului continua să rămână complet opacă viziunii ei.

În momentul în care acesta a dispărut din raza ei vizuală, femeia s-a ridicat cu mișcări fluide și aparent leneșe. A lăsat revista pe masa de lângă fotoliul pe care stătuse, gesturile ei lăsând impresia că avea tot timpul din lume.

Și-a netezit fusta cu mișcări lungi și ușoare, iar apoi ochii ei au măturat întregul hol al hotelului, mobilat cu gust și având comfortul clientului în minte.

Cu pași leneși, s-a îndreptat spre recepție. Recepționerul i-a zâmbit cu căldură și s-a grăbit să vină spre ea, de parcă celălalt client aflat la recepție nu ar fi contat defel.

Observându-i graba de a o servi, și-a imaginat că era rezultatul bacșișului uriaș pe care i l-a dat mai devreme.

Cu toate acestea, putea citi și altceva în spatele zâmbetului strălucitor al tânărului. Bărbatului îi plăcuse enorm jocul lor și fantezia lui construise tot felul de scenarii pline de suspans.

Atât vârsta lui, precum și felul în care arăta femeia, îi inflamaseră imaginația. Pălăria ei și ochelarii de soare mari, precum și aerul ușor clandestin al întregii afaceri în care fusese implicat, îl făcuseră să se simtă ca James Bond sau altcineva asemănător.

-Voi pleca în după-masa aceasta, cred. Nu voi mai astepta până mâine dimineață. Bineînțeles, voi plăti pentru noaptea aceasta, nu te teme, îi spuse ea tânărului recepționer.

Se scuză cu un zâmbet când și-a dat seama că el spera că aventura nu se va încheia acolo.

Din păcate, pe ea o interesase numai o scenă, iar aceea se jucase deja, chiar dacă rezultatul era dezamăgitor.

-Ne pare foarte rău că plecați, doamnă. Nu v-a plăcut apartamentul? întrebă tânărul, iar îngrijorarea îi sterse zâmbetul de pe buze.

-Oh, nu, mi-a plăcut, nu-ți fă griji, îl asigură ea cu o fluturare a mâinii și un zîmbet larg. Dar știi, deja am închiriat o casă pe plajă pentru mai multe zile și mă gândeam să profit de ea de-acum, știi? îi surâse ea strălucitor. E pe plajă, are și piscină, totul doar pentru mine... Te-ar deranja să-mi pregătești factura înainte de a mă întoarce jos cu bagajele?

-Nu, bineînțeles că nu. Factura va fi gata, doamnă, bărbatul o asigură și se grăbi la computer să o pregătească.

CAPITOLUL 2

TOT ÎN PREZENT – 19 iulie...

TÂNĂRA PĂRĂSI HOLUL hotelului cu mersul său leneş, caracteristic, şi se îndreptă spre rândul de lifturi lucitoare aliniate la capătul unei scări cu trei trepte. Apăsă pe buton să cheme unul dintre lifturi şi apoi aşteptă, jucându-se cu eşarfa ei şi admirând motivul geometric al covorului de pe hol.

Era dusă pe gânduri şi nu-l observă pe bărbatul cu părul negru, ascuns după una dintre coloane. I se ridicase părul la ceafă, avertizând-o de un pericol iminent, dar nu-i dădu nici o atenţie. Părea stupid să fie în pericol în holul unui hotel atât de aglomerat.

Bărbatul o privea fix, cu sprâncenele adunate într-o încruntare teribilă.

Ea nu ştia că acesta auzise conversaţia pe care tocmai o avusese cu recepţionerul şi, de fapt, nici nu îi păsa. Se decisese deja să lase totul în urmă, în trecut, şi să-şi vadă de viaţa ei, aşa că acum era chiar nerăbdătoare să vadă ce-i va aduce viitorul.

Se duse în apartamentul său şi, în mai puţin de zece minute, se întoarse în holul de la intrare. Nu se obosise să despacheteze când ajunsese acolo în dimineaţa aceea aşa că nu avusese nevoie de prea mult timp ca să-şi adune lucrurile.

Îşi plăti factura, lăsând un alt bacşiş generos recepţionerului care o ajutase, iar apoi l-a rugat pe valet să-i aducă maşina închiriată în faţa hotelului.

Închiriase un automobil mic decapotabil, nimic deosebit, doar o mașină cu care să se poată deplasa. Valetul deja coborâse capota, iar acel mic gest plin de atenție îi aduse un zâmbet pe buze. În sfîrșit, simțea că vacanța îi începuse.

Valetul îi puse singura valiză în portbagaj și geanta cu laptopul pe locul din spate al mașinii. Se aplecă ușor când femeia îi dădu o bancnotă împăturită, împreună cu un zâmbet larg.

Odată așezată în mașină, învârti cheia în accelerație mai întâi, iar apoi porni sistemul de navigare, introducând adresa casei pe care o închiriase pe plajă.

Acum se simțea în siguranță, așa că își scoase pălăria și își scutură capul. Părul îi căzu pe umeri în șuvițe dese și ondulate de culoarea mierii, iar razele soarelui de după-amiază reflectau nuanțe de roșu ici colea în culoarea bogată.

Ușurarea că totul se terminase o făcea să se simtă liberă. Știa că acum lucrurile se vor întoarce la normal și nu va mai resimți neliniștea de dinainte și nici nu-și va mai pune întrebări care nu aveau răspuns.

Viața așa cum o știa și pe care o iubea era din nou a ei. Avea controlul asupra ei și știa dinainte cum stăteau lucrurile cu oamenii din jurul ei.

Era fericită că nu o mai măcina incertitudinea, înnebunind-o și umplându-i nopțile albe cu anxietate.

Conduse încet de-a lungul aleii din fața hotelului, iar apoi întoarse pe șoseaua care ducea spre plajă. Nu observă SUV-ul negru care o urmărea, lăsând câteva mașini între ei, dar nici măcar nu se gândise să se uite după o coadă.

Conduse cu viteză moderată, cum îi era obiceiul. Nu se grăbea defel. Casa o va aștepta în același loc, indiferent când ar fi ajuns acolo.

Era în vacanță oricum. Își îndeplinise misiunea, iar acum nu mai trebuia să se gândească decât la ocean, soare și ea însăși. Va lâncezi pe plajă diminețile și va innota în piscină serile.

Deja își planificase să stea cât mai departe de lume și orice fel de stress. Pentru o vreme, avea nevoie de o schimbare. Își dorea pace și solitudine.

Recunoștea că fusese cumva interesant să guste acele sentimente neliniștitoare, chiar dacă uneori o stresaseră. Cel puțin i-au adus o neliniște ce i-au condimentat viața și nu regreta că s-a simțit puțin diferit pentru o vreme. Fusese cumva... educațional.

Cu toate acestea, era comod să fie ea însăși din nou și să-și regăsească vechea rutină. Aștepta cu brațele deschise un viitor în care nu trebuia să caute o explicație pentru evenimente sau lucruri care mai bine rămâneau o necunoscută.

Casa de vacanță pe care o închiriase nu era departe de hotel. În nici cincisprezece minute ajunse la destinație.

Conduse în fața bungaloului ridicat la marginea plajei și își opri mașina să admire căsuța și împrejurimile câteva momente. Îi plăcea.

Aceea urma să fie oaza ei de pace pentru următoarele zece zile. Priveliștea, dar și vocea și mirosul oceanului, înnabușiră orice regret că a părăsit Montrealul și și-a luat câteva zile libere.

După câteva minute, și-a parcat mașina decapotabilă sub adăpostul improvizat exact pentru aceea și opri motorul. Coborî din mașină, iar apoi ridică capota. Plătise pentru asigurare, dar nu dorea să aibă nici un fel de probleme la returnarea mașinii.

Tânără respiră cu nesaț mirosul sărat al mării. Briza îi zburli părul și ea zâmbi. Un fulger de plăcere îi energiză tot corpul.

Își scoase valiza din portbagaj și deschise ușa din spate a mașinii pentru a-și lua laptopul. Cu pași leneși, parcurse cărarea pavată ce ducea spre casă, iar apoi căută cheile sub ghiveciul de flori din dreapta ușii unde agentul de închiriare îi spusese că le va lăsa.

Intră în casă, închizând ușa în spatele ei. Interiorul era exact cum i se promisese și arăta mai bine decât se așteptase.

Niciodată nu avusese încredere în fotografiile prezentate lângă casele sau apartamentele de închiriat și chiar crezuse că agentul doar lăudase casa pentru a o face să o închirieze.

Cu toate acestea, casa era plină de personalitate și comfortabilă în același timp. Mobila din camera de zi părea ușoară și funcțională.

Își lăsă laptopul pe măsuța de cafea și se duse să arunce o privire la dormitoare.

Ca să ajungă acolo trebui să urce câteva scări, dar dormitorul principal o încântă. Razele soarelui încălzeau galbenul pereților și cuvertura cărămizie de pe pat.

Își lăsă valiza pe podea lângă pat. Nu se mai obosi să-și schimbe rochia pe care o purta. Ieși pe terasa din spatele casei, care dădea spre mare. Dorea să se bucure de restul după amiezei.

Își turnase un pahar de vin înainte de a ieși și își luase telefonul mobil cu ea, pentru că știa că el o va suna. Suna întotdeauna și nu credea că-și va schimba obiceiul taman atunci.

Pe terasă, găsi câteva fotolii de răchită și o masă ovală pentru șase persoane, umbrite de o umbrelă mare, plină de culoare. Își puse paharul pe masă și se întoarse să privească plaja.

Pe nisip, dincolo de terasă, două șezlonguri o așteptau la marginea piscinei dacă dorea să facă plajă. Puțin mai departe, poate după o plimbare de numai două minute, putea să se bucure de valurile mării.

Își lăsă și telefonul mobil pe masă și se așeză într-unul dintre fotolii. Își întinse picioarele pe un altul și se relaxă. Încordarea ultimelor zile începu să i se disipeze din corp încet.

Își închise ochii câteva secunde și-și lăsă mintea să vagabondeze. Nu dorea să se gândească la nimic anume, ci doar să disipeze toate impresiile pe care le adunase în acea zi și să le abandoneze în trecut unde le era locul. Deja își atinsese scopul.

Abia avu parte de câteva minute de deconectare, când îi sună telefonul. Aruncă o privire ezitantă la ecran și, ca de obicei, arăta 'număr privat'.

Se strâmbă. Grimasa o făcea să arate mult mai tânără decât era, ca o adolescentă plină de temperament.

Simţindu-se maliţioasă, femeia lăsă telefonul să sune de câteva ori şi numai după aceea răspunse.

-Alo!

-Kate, eşti tu, iubito? auzi pe linie vocea bărbătească pe care o ştia atât de bine.

-Da, eu sunt, desigur, spuse ea, încercând să-şi oprească mârâitul care i se formase în gâtlej.

Era o intrebare idioată. *Cine altcineva ar putea răspunde la telefonul meu?* Doar nu se înâmplase niciodată aşa ceva.

Mai mult decât atât, în astfel de momente, pur şi simplu ura cuvântul acela *'iubito'*. Ce o supăra cel mai tare era faptul că nu-şi putea da seama dacă era sincer sau nu şi asta o înnebunea.

Nu înţelegea de ce el era singura persoană pe care nu o putea citi. Era innebunitor să nu ştie ce gândeşte şi care îi erau intenţiile.

-Îţi mulţumesc, dragostea mea. I-am primit. Eşti nemaipomenită, continuă el.

Tonul vocii lui trezi din nou la viaţă fluturii care dormitau în stomacul ei. Timbrul coborât şi uşor răguşit şi o făcea să-şi imagineze un cowboy cu un pahar de whiskey într-o mînă şi un trabuc în cealaltă. Era probabil o reminiscenţă din zilele copilăriei când adora să se uite la filme western.

I se făcea pielea găină ori de câte ori îl auzea vorbind. Se ura pe sine pentru că de fiecare dată, coeficientul de inteligenţă îi scădea la două numere. Se crezuse mai deşteaptă de-atât.

'Bineînţeles, că sunt,' gândi ea, *'probabil fantastic de cretină.'*

În ciuda gândurilor sale, răspunse altceva:

-Atunci totul e în regulă, da?

-Da, draga mea, răspunse el, iar apoi tăcu timp de câteva secunde. Te aud de parcă ai fi foarte aproape acum. De obicei nu te aud atât de bine, spuse el pe un ton uşor perplex.

-Probabil că ai obținut o linie bună, replică ea cu indiferență, iar buzele i se arcuiră într-un zâmbet disprețuitor.

Desigur că o auzea mai bine. Ce Dumnezeu, erau amândoi în același oraș. Evident, nu avea nici o intenție să-i spună adevărul. Nu trecuse prin toate acele încercări numai ca să-i mărturisească lui totul.

-Acum totul va fi bine, continuă el, pe o voce fermă. Voi termina ce am de făcut aici și voi veni la tine.

-Nu te grăbi pentru mine, replică ea fără să se gândească, iar apoi închise ochii frustrată.

Kate se temea că el va înțelege la ce s-a referit și va ghici că vrea pur și simplu s-o termine cu el. Nu vroia să mai continue cu acea așa-zisă relație.

-Ce vrei să spui? întrebă el cu aceeași voce dură pe care o folosea ori de câte ori se enerva.

Vocea lui avea o tonalitate mai coborâtă acum și Kate efectiv ura profund nota de autoritate ce răzbătea din cuvintele sale.

Lui Kate nu-i plăcea atitudinea lui. Probabil că bărbatul considera că va răspunde vocii sale poruncitoare și se va comporta corespunzător. Observase că reacția aceea îi era caracteristică și că omul nu reușea să-și controleze vorbele, dar asta nu o făcea să-i displacă mai puțin.

-Vreau să spun că e posibil să părăsesc țara pentru o vreme, Ryan. Probeme de familie, știi cum e, spuse ea. Desigur, telefonul nu-mi va funcționa în afara țării pentru că nu am serviciu internațional. Te voi suna eu când pot, da? spuse ea pe un ton conciliatoriu.

Nu se simțea ea prea conciliatoare în acel moment, dar dorea să încheie conversația și să o termine cu el definitiv.

Ryan nu răspunse nimic pentru o vreme și tăcerea deveni din ce în ce mai apăsătoare și amenințătoare.

-Mai ești acolo? întrebă ea după mai bine de un minut.

-Da, sunt, sunt aici, Kate. Și când spun aici, asta înseamnă aici, replică el, înfierbântat.

Nici o clipă mai târziu, pași apăsați răsunară pe veranda ce înconjura casa. Kate privi în direcția pașilor și-l văzu pe Ryan venind spre ea.

Buzele îi erau strânse într-o grimasă furioasă. Își închise telefonul, iar expresia de pe chipul lui nu prevestea nimic bun.

BIOGRAFIA AUTOAREI

owena Dawn scrie romane de dragoste, citește cărți polițiste și se uită la comedii. Îi place să se plimbe prin pădure, dar iubește marea la nebunie.

Are o relație de dragoste și ură cu scrisul ei și îl înnebunește pe câinele ei când nu se oprește din scris pentru a-l scoate la plimbare.

ALTE CĂRȚI SCRISE DE ROWENA DAWN

Cu Dublu Tăiş – Prima Carte din seria Jumătatea Perfectă — eBook, paperback, (audio book – doar în limba engleză)

Ochi în Întuneric (Cartea a Doua din Seria Jumătatea Perfectă).

Atras (Cartea a Treia din Seria Jumătatea Perfectă).

Meg – eBook (Meg La Răscruce de Drumuri), paperback, (audio book – doar în limba engleză – Leap of Faith)

Trezirea Beckăi (Prima Carte din Seria Familiei Winston) – eBook, paperback, (audio book – doar în limba engleză)

Dilema lui Matt (Cartea a Doua din Seria Familia Winston)

Salvarea lui Jay (Cartea a Treia din seria Familia Winston)

PRINDEREA LUI LILY – Fir viu (Cartea a Patra din seria Familia Winston şi seria Jumătatea Perfectă) (ebook, paperback)

Bărbatul aproape perfect – eBook, paperback

Vă mulțumesc că ați citit romanul *Eliberarea lui Ariel*.

Dacă v-a plăcut, vă rog spuneți-le și prietenilor dumneavoastră despre el sau scrieți o scurtă recenzie.

Reclama din gură în gură este cel mai bun prieten al unui autor și este extrem de apreciată.

Vă mulțumesc,
Rowena Dawn

Did you love *Eliberarea lui Ariel - Cartea 5 Seria Familia Winston*?
Then you should read *Bărbatul aproape perfect*[1] by Rowena Dawn!

[2]

Ceasul ei biologic bate secundele. Ella încearcă să își găsească perechea. Mark, însă, nu vrea să se lase prins.

Nimănui nu-i este ușor să găsească bărbatul potrivit, iar Ella nu face excepție de la regulă. După trei ani pierduți într-o relație fără iubire, Ella se decide să preia controlul vieții ei din nou, așa că își dă iubitul afară din casă și pornește la vânătoare pentru a găsi Bărbatul perfect sau aproape perfect.

Ella începe să colinde barurile cu entuziasm, pentru a găsi pe cineva cu care ar putea face casă bună, dar, până la urmă, nu află decât că iubirea și fericirea până la adânci bătrâneți nu fac parte din meniu.

---

1. https://books2read.com/u/b6kdME

2. https://books2read.com/u/b6kdME

Mark nu are decât un singur interes: să atragă cât mai multe femei în patul său.

Va reuși Ella să-l transforme pe Mark în Bărbatul aproape perfect sau o va lua Mark la goană când își va da seama de intențiile ei?

Bărbatul aproape perfect este un roman de dragoste contemporan despre o femeie puternică, capabilă să-și refacă viața complet.

Dacă îți place o romanță cu un pic de umor, aceasta este cartea pentru tine.

9 781988 827957